中国古典诗词精品赏读

杜甫

陈才智 编著

五洲传播出版社

图书在版编目（CIP）数据

中国古典诗词精品赏读丛书. 杜甫 / 陈才智著. -- 北京：五洲传播出版社，2023.1

ISBN 978-7-5085-4967-5

Ⅰ. ①中… Ⅱ. ①陈… Ⅲ. ①杜甫（712-770）－古典诗歌－诗歌欣赏 Ⅳ. ① I207.2

中国版本图书馆 CIP 数据核字(2022)第 227214 号

编　　著：陈才智
图片编审：迟乃义
责任编辑：黄金敏
装帧设计：宁成春

中国古典诗词精品赏读丛书

杜甫

出版发行：五洲传播出版社
地　　址：北京市海淀区北三环中路 31 号生产力大楼 B 座 6 层
邮　　编：100088
发行电话：010-82005927　010-82007837
网　　址：http://www.cicc.org.cn　http://www.thatsbooks.com
印　　刷：北京市房山腾龙印刷厂
版　　次：2023 年 1 月第 1 版第 1 次印刷
开　　本：720 × 965 mm　1/16
印　　张：10
字　　数：70 千字
定　　价：56.00 元

序

苏叔阳

我常问：我们是否应当向我们的汉字顶礼膜拜，没有它，又哪会有那些万古流芳的文章和诗词；是否应当尊崇我们古老而新鲜的哲学，没有它，那些文章和诗词怎会有亘古常青的神韵。中国历史上的文学巨匠们，灿若星辰，他们将写作提升到艺术的顶峰，将诗意锤炼成神奇的宫殿。中国是诗词的国度，只要月光下还有一个人识得汉字，就会背诵那些不朽的名句。

中国古典诗词是先贤奉献给人类珍贵的精神财富，所有的文化人都应该明白这一点。

众多伟大的诗人，写出不可胜数的杰出诗篇，于是注家蜂起。然而，领千年风骚的诗论仿佛不多，得千年仰视的诗词理论家似乎也少，虽然中国是哲学家的盛产地。我想，这或许是中世纪的中国轻视诗词歌赋的结果，就连诗仙李白、诗圣杜甫都生前寂寂，颠沛流离。贫病和流浪似乎和此一时期的诗人如影相随，有着不解之缘。

明代以后，诗论、文论渐盛，诗人们的声名和荣耀方起。李白、杜甫等渐渐升入高空，入主早应属于他们的诗人的星座。

近现代的诗论多以西方的理论和方法来论述中国的古典诗词，我总觉得有些“隔靴搔痒”。中国汉字的平仄、韵脚、对仗、意趣，与诗词关系极为密切，不谙汉字之奥秘，难以理解古典汉诗之美境。“两只黄鹂鸣翠柳，一行白鹭上青天”，“窗含西岭千秋雪，门泊东吴万里船”，这些诗句的文字之美很难译成西文；诗中的意境更难让汉字圈外的人士明白。

假如忽略了对文字修饰、遣词造句、平仄对仗、押韵、摊破之类的分析，忽略了诗词格律的研究，就无法真正了解中国的古典诗词。

假如只注重文字与技巧的探讨，轻视了对诗意和哲学的探究，就等于扼杀了中国古典诗词的灵魂。一首鲜活的具有永恒生命力的诗篇，在注家们的解析下，即成行尸走肉。这样的事例并不罕见。

大体上说，中国的古典诗论重文字、格律等技巧；而近现代的诗论又重作者生平、思想理念，对文字技巧则轻轻代过，好像给中国古典诗词穿上一件不合体的西装。恕我直言，这大约和近现代对方块汉字的误解有关。认为汉字落伍，应当走拼音化道路的观念，不久前才“过世”；汉字的简化似也有些匆忙和草率。所谓“繁体字”，应当视为“正体字”。许多诗词中的文字一经简化，就变得不知所云。我以为，印刷古典诗词还是以正体字（繁体字）为好。这只是我个人的浅见，不敢要大家一致认可。

西方许多诗人把诗的艺术、意境看得高妙无比，与生命和深邃的哲学等同。他们穷其一生，不断探讨诗的本质、诗的神髓、诗的境界；或者通达，欢乐而死，或者苦闷，抑郁而终。诗和哲学一体，古今中外皆然。只有把写诗当玩儿闹的“现代大师”，将人类最深沉的情感、最美妙的思情、最精致的书写，化为庸俗浅薄的游戏与谑闹，才不管什么哲学不哲学。

我们的先贤一定比我们活得更累，他们好像时时处处都在思考人生家国的大事，探询生命与死亡的意义。不论把生死看作欢愉还是苦难，都化作美妙的文字，刻画出他们想象的境界，感奋或感悟着一代又一代的后人，自己也在这执著的探求中走上人生的终点。杜甫是个明显的例子。他在漂泊中思索，又将漂泊看作生命不可分割的部分；他在漂泊中将律诗提升到顶峰，自己也磨砺成儒学的圣者。他是当之无愧的“诗圣”。

我以为，将整体的历史观、同时代的哲学观，与对诗人的个体研究、对作品的具体分析、对技巧的细部评述结合起来，创造出新时代的中国的诗论，是我们这个时代的文论家们应有的责任。

今人注释古典诗词，文本多多，或解释字句，或赏析作品，或研究体裁、格律，而少有从文学、哲学、艺术、历史等诸方面综合探讨名家名作的论述；以至于名家名作的历史和文化价值，尚未清晰了然。五洲传播出版社的这套《中国古典诗词精品赏读》，立意以宽广的视野，新鲜的角度，远瞻的目光，深邃的意蕴来研讨名家名篇，由此让读者感悟到中国传统文化的精华和中华民族的信念、追求。雅俗共赏是一种难以达到的境界，却也是我们追求的目标。本书编者高标戮力，旨在创造出新的诗词赏析和评价体系，其情可佩，其志可嘉，其功可待。

让我们翘首以盼，迎接这套书的出版。

目　录

杜甫简介

杜甫（712－770），字子美，又称杜少陵、杜拾遗、杜工部。京兆杜陵（今陕西西安西南）人，祖籍襄阳（今属湖北），生于河南巩县的瑶湾。他生长在“奉儒守官”并有文学传统的家庭中，十三世祖杜预是西晋名将，祖父杜审言是武则天时的著名诗人，做过膳部员外郎；父亲杜闲曾任兖州司马和奉天县令。杜甫早慧，七岁便开始学诗，他自己回忆说：“七龄思即壮，开口咏凤凰。”“读书破万卷”、“群书万卷常暗诵”的刻苦学习，为他的创作准备了充分的条件。十五岁“出游翰墨场”时，他的诗文已经引起洛阳名士的重视。二十岁后，杜甫的生活可分为四个时期：

（一）南北壮游：玄宗开元十九年（731）至天宝四载（745）。开元十九年开始，为了解社会，结识名流，杜甫几次漫游，历时十余年。第一次漫游是在江南吴越一带。他到过金陵、姑苏，渡浙江，泛舟剡溪，直至天姥山下。开元二十三年，回洛阳应进士考试，结果落榜。次年，在齐赵一带开始了第二次漫游，他晚年回忆当时“放荡齐赵间，裘马颇清狂”（《壮游》）。在这两次漫游里，他看到了秀丽雄伟的山川，感受了江南和山东的文化，扩大了眼界，丰富了见闻。开元二十九年，筑居于洛阳与偃师之间的首阳山下，与杨氏结婚。天宝三载，在洛阳与已是声名远扬的李白相遇，李白的风采和出众才华，深深吸引了杜甫。二人共游梁宋、齐鲁，访道寻友，谈诗论文，结下深厚的友谊。此后，他曾先后写了十一首诗思念或酬赠李白。次年（745）秋，杜甫西去长安，李白准备重游江东，他们在兖州分手，此后再没有会面。

（二）困居长安：天宝五载（746）至十四载（755）。杜甫到长安，目的是谋求官职，有所作为。天宝六载，玄宗诏征天下有一技之长的人到京应试，杜甫参加了这次考试，但由于“口蜜腹剑”的李林甫要证明“野无遗贤”，所有的应试者无一被选。天宝十载，玄宗举行三个盛典，祭祀“玄元皇帝”老子、太庙和天地。杜甫写成三篇辞气壮伟的“大礼赋”进献，得到玄宗赞赏，命宰相考试他的文章，等待分配，但没有下文。他不断写诗投赠权贵，希望得到推荐，也都毫无结果。十载长安的困守，杜甫未能实现他“致君尧舜上，再使风俗淳”（《奉赠韦左丞丈二十二韵》）的政治抱负。大约在杜甫到长安不久，父亲就去世了，他的生活因此变得艰难起来。为了生存，为了求官做，杜甫不得不过着“朝扣富儿门，暮随肥马尘。残杯与冷炙，到处潜悲辛”（《奉赠韦左丞丈二十二韵》）的屈辱生活，以至经常挨饿受冻：“饥卧动即向一旬，敝衣何啻联百结。”（《投简咸华两县诸子》）天宝十四载，杜甫才得到右卫率府胄曹参军这样一个卑微的官职，而这已是安史之乱的前夕。生活折磨了杜甫，也成全了杜甫，使他逐渐深入下层生活，看到了人民的痛苦，从而写出了《兵车行》、《丽人行》、《自京赴奉先县咏怀五百字》等杰作。十年困守，确定了杜甫此后生活道路和创作道路的方向。

（三）为官流亡：肃宗至德元载（756）至乾元二年（759）。安禄山起兵后，很快就攻陷了洛阳、长安。杜甫听到唐玄宗逃往西蜀，肃宗在灵武即位，便把家属安置在鄜州羌村，只身北上灵武，不幸被叛军截获，押到长安。至德二载（757）四月，杜甫冒着生命危险，逃出长安，“麻鞋见天子，衣袖露两肘”（《述怀一首》），奔赴肃宗临时驻地凤翔，受任为左拾遗，这是一个从八品、却又很接近皇帝的谏官，地位虽不高，却是杜甫仅有的一次在中央任职的经历。就在作谏官的头一个月，他因“见时危急”，上疏营救房琯的罢相，不料触怒肃宗，遭到审讯，几受刑戮。八月，他由凤翔回到鄜州探视妻子。九月，唐军收复长安，十月收复洛阳，肃宗于十月底返京，杜甫也回到长安，仍任左拾遗。次年（758）五月，杜甫受到肃宗新贵与玄宗旧臣斗争的影响，外调为华州司功参军，从此与长安永别。杜甫回到华州，已是初夏。这时关中大饥，朝廷内李辅国专权，玄宗旧臣房琯等被排斥。“满目悲生事，因人作远游”（《秦州杂诗二十首》），杜甫对政治感到失望，立秋后毅然弃官，西去秦州。在秦州不满四月，又在初冬赴同谷；停留一月后，走上艰难的蜀道，在年底到了成都。

（四）漂泊西南：肃宗上元元年（760）至代宗大历五年（770）。这十一年内，杜甫在蜀中八九年，在荆湘两三年，写了一千多首诗，占《杜工部集》总数的三分之二以上。《闻官军收河南河北》、《又呈吴郎》、《秋兴》、《诸将》、《咏怀古迹》、《旅夜书怀》等，都是这一时期的优秀代表。尤其是旅居夔州（今四川奉节）期间创作的律诗，达到了炉火纯青的境界。和前期不同的，这一时期的杜诗带有更多的抒情性质，形式也更多样化。特别值得注意的是，他创造性地赋予了七言律诗以重大的政治和社会内容。杜甫在夔州时说自己"漂泊西南天地间"（《咏怀古迹》），实际上他在成都先后住过五年，生活还是比较安定的。上元元年春，他在成都城西浣花溪畔建筑了草堂，结束了四年流离转徙的生活。上元二年（761）末，杜甫的故交严武出任成都尹兼御史中丞，给了杜甫不少帮助。代宗宝应元年（762）七月，严武应召入朝，剑南西川兵马使徐知道叛乱，杜甫流亡到梓州、阆州。宝应二年春，延续八年的安史之乱结束，但国内混乱的局面尚未结束，西方的吐蕃又大举入侵，十月间一度攻陷长安。广德二年（764）春，严武又被任命为成都尹兼剑南节度使，杜甫也在三月回到成都。严武举荐杜甫为节度参谋、检校工部员外郎，杜甫在成都节度使幕府中住了几个月，因不惯于幕府生活，一再要求回到草堂，最后严武允许了他的请求。永泰元年（765）五月，杜甫率领家人离开草堂，乘舟东下。"五载客蜀郡，一年居梓州"（《去蜀》），结束了漂泊西南生活的前半阶段。九月到达云安，因病不能前进，次年暮春病势减轻，才迁往夔州。在夔州居住不满两年，创作十分丰富，有诗四百余篇。

后来，因为夔州气候恶劣，朋友稀少，杜甫便在大历三年（768）正月起程出峡。三月到江陵。本想北归洛阳，又因河南兵乱，交通阻隔，不能成行。在江陵住了半年，移居公安数月，在年底到达岳阳。大历四年至五年是他生活的最后两年，居无定所，穷困潦倒，疾病缠身，十分凄凉。他往来岳阳、长沙、衡州、耒阳之间，大部分时间是在船上度过的。大历五年（770）冬，已半身偏枯的诗人贫病交困，飘零在长沙与岳阳之间湘江的一叶扁舟上，写下《风疾舟中伏枕书怀》这首三十六韵的长诗，诗中有句"战血流依旧，军声动至今"，仍以国家为念。除了摇橹的船夫和一盏残灯与他作伴之外，仅剩下凄苍肃立的青山和瑟瑟入骨的寒风。几天后，诗人便溘然长逝了，终年五十九岁。

杜甫死后，灵柩停厝在岳阳。四十三年后，即宪宗元和八年（813），才由他的孙子杜嗣业移葬于河南首阳山下。

杜甫生活在唐王朝由盛到衰的转折时期，经历了玄宗、肃宗、代宗三朝。他空有“致君尧舜上”的远大抱负，却始终未得到重用，一生饱经忧患。战乱的时局把他卷入颠沛流离中，使他真切地接触了当时的种种社会景象，因而能更深刻地体察到各种矛盾和弊端，体验到下层百姓生活的艰辛和困苦，并用诗歌把这一切反映出来。

杜甫说，自己是“乾坤一腐儒”（《江汉》）。在生前和死后的很长一段时间里，杜甫并未受到应有的重视。在流传至今的唐人选的唐诗里，只有韦庄编选的《又玄集》选了杜诗七首。高仲武的《中兴间气集》专门选录从肃宗到代宗末年这一时期的诗，其时也正是杜诗的代表作大量产生的时期，而选者还声称要力革过去选本之弊，“朝野通取，格律兼收”，共选诗人十六位，竟没有杜甫；五代时韦縠编选的《才调集》，选唐诗一千首，里面连杜甫的名字都没有。那时，杜甫并不显得伟大。

可是伟大的历史人物，终会为历史所认识。杜甫死后大约半个世纪，中唐诗人元稹《唐故工部员外郎杜君墓系铭》称，诗至于子美，“尽得古今之体势，而兼昔人之所独专”，“诗人已来，未有如子美者。是时山东人李白，亦以奇文取称，时人谓之李杜。”白居易《与元九书》称，杜诗“贯穿今古，觍缕格律，尽工尽美，又过于李（白）”。到了宋代，王禹偁在《日长简仲咸》中说过一句很深刻的话：“子美集开诗世界。”王安石则在《杜甫画像》里面说：“推公之心古亦少，愿起公死从之游。”苏东坡《王定国诗集叙》称：“古今诗人众矣，而杜子美为首。”到了现代，闻一多《唐诗杂论 · 杜甫》称，杜甫是“中国有史以来第一个大诗人，四千年文化中最庄严、最瑰丽、最永久的一道光彩。”

杜甫的诗，人称“诗史”。唐人孟棨《本事诗 · 高逸第三》中早就说：“杜逢禄山之难，流离陇蜀，毕陈于诗，推见至隐，殆无遗事，故当时号为‘诗史’。”宋人胡宗愈《成都草堂诗碑序》也说：“先生以诗鸣于唐，凡出处去就、动息劳佚、悲欢忧乐、忠愤感激、好贤恶恶，一见于诗，读之可以知其世，学士大夫谓之‘诗史’。”杜诗被称为“诗史”，在于具有史的认识价值。他描写了安史之乱前后的许多重要事件，描写了百姓在战争中承受的苦难，以深广生动、血肉饱满的形象，展现了战火中整个社会生活的广阔画面。常被人提到的重要的历史事件，在他的诗中都有反映。至德元年（756）唐军陈陶大败，继又败于青坂，杜甫有《悲陈陶》、《悲青坂》；收复两京，杜甫有《收京三首》、《喜闻官军已临贼境二十韵》；九节度兵围邺城，杜甫写了《洗兵马》；后来九节度兵败邺城，为补充兵员而沿途征兵，杜甫写有“三吏”、“三别”。

杜诗不仅提供了史的事实，可以证史，有些还可补史之不足或失载，如《三绝句》中写到的渝州、开州杀刺史的事，未见史书记载，而从杜诗可见安史之乱后蜀中的混乱情形。《忆昔》则描述了开元盛世的繁荣景象："忆昔开元全盛日，小邑犹藏万家室。稻米流脂粟米白，公私仓廪俱丰实。九州道路无豺虎，远游不劳吉日出。齐纨鲁缟车班班，男耕女桑不相失。"这是常被史家用来说明开元盛世的一首诗。写时事，不始于杜甫；但是到了杜甫，才以如此广阔的视野，并如此频繁地写时事。

当然，作为"诗史"，杜诗绝非客观的叙事，用诗体去写历史，而是在深刻反映现实的同时，通过独特的风格表达出作者的心情。清人浦起龙说："少陵之诗，一人之性情，而三朝之事会寄焉者也。"(《读杜心解·少陵编年诗目谱附记》)杜甫的诗涉及玄宗、肃宗、代宗三朝有关政治、经济、军事以及人民生活的重大问题，无不浸透了诗人的真情实感。例如杜甫中年时期的杰作《自京赴奉先县咏怀五百字》和《北征》，里边有抒情，有叙事，有纪行，有说理，有对于自然的观察，有对社会矛盾的揭露，有内心的冲突，有政治抱负和主张，有个人的遭遇和家庭的不幸，有国家与人民的灾难和对于将来的希望。这两首长诗包含这么多丰富的内容，作者的心情波澜起伏，语言纵横驰骋，证明他在这不幸的时代，面对社会的种种现象都敏锐地发生强烈的感应。这样的诗是诗人生活和内心的自述，也是时代和社会的写真。

杜诗的形式多种多样。他令每种诗的形式都得到了新的发展。在五言古诗里，他善于记载艰苦的旅程、社会的万象、人民的生活以及许多富有戏剧性的言谈动作，最显著的例子是《羌村》、《赠卫八处士》、"三吏"、"三别"等。在七言古诗中，他擅长抒写或豪放或沉郁的情感，表达对于政治和社会的意见，如《洗兵马》、《茅屋为秋风所破歌》等。五、七言律诗占杜诗的一半以上，功力甚深。五律已见于杜甫的漫游时期，七律名篇多产生于到达成都以后。杜甫深厚的感情在五律中得到凝炼，在七律中得到充分的发扬。五律名篇有《春望》、《天末怀李白》、《春夜喜雨》、《水槛遣心》、《客夜》、《旅夜抒怀》、《登岳阳楼》等；七律名篇有《蜀相》、《闻官军收河南河北》、《登楼》、《阁夜》、《咏怀古迹五首》、《白帝》、《诸将五首》、《秋兴八首》、《登高》等。杜甫还写了许多五言排律和多首七言排律，使排律得到很大的发展，其中《秋日夔府咏怀寄郑监李宾客一百韵》长达一千字。杜诗中的绝句基本上都是在漂泊西南的最后十一年所写。由于古诗和律诗的巨大成就，杜甫的绝句往往不被人注意，但是在即景抒情、论诗怀友、吸取民歌精华等方面，杜甫的绝句仍有不少贡献。

“诗仙”李白和“诗圣”杜甫，历来公认是唐代诗坛上的双子星座。李诗不假人工，如行云流水，是后人可慕而不可学的天才美、自然美。而杜诗沉郁顿挫、深刻悲壮、气势磅礴，却又严格收纳在工整的音律节奏中，抑扬开阖、起伏呼应，都合乎于规矩，是人人可学的人工美、艺术美。羡太白之洒脱超俗者，多推崇李白。慕子美之学深品正者，推尊杜甫。正如严羽《沧浪诗话》所说：“太白不能为子美之沉郁，子美不能为太白之飘逸”。

杜甫把诗看作是他终生的事业，自称“诗是吾家事”(《宗武生日》)。从七岁学诗，直到去世前夕，他从未停止过写诗。他既有丰富的生活经验，又肯在艺术上狠下功夫，自称“语不惊人死不休”(《江上值水如海势聊短述》)，“新诗改罢长自吟”(《解闷十二首》之七)。杜甫确实凭借着他瑰丽的诗歌，永远活在了我们的文学史上，成为中华文化史上的一位重要人物。

当我们梦到杜甫跨过千年，飘然孑立于眼前时，那将不再是青衫灰黯、神色孤伤的形象。因为经过历代读者的重新描画，杜甫已不仅仅代表他自己，而是代表中华文化的一种雄浑与博大、沉郁与明澈。

望 岳

岱宗夫如何？齐鲁青未了。
造化钟神秀，阴阳割昏晓。
荡胸生层云，决眦入归鸟。
会当凌绝顶，一览众山小。

【题解】

唐玄宗开元二十四年（736），二十五岁的杜甫赴长安参加贡举考试，结果落榜，于是就在齐赵一带（今河南、河北、山东等地）四处漫游，《望岳》大约就写于这一年。“岳”，山高谓之岳，这里特指东岳泰山，在今山东泰安市北。青年杜甫以这首诗热情赞美了泰山的雄伟气象，同时表现了自己的凌云壮志。

泰山名气很大，文化内涵很深，历代文人墨客多慕名到此登临游览，留下了众多赋诗题词。但自从杜甫《望岳》诗面世后，一提起泰山，大家首先想到的，往往就是这篇名作。如今，泰山上的《望岳》诗石刻共有四处，摘其诗句者更有多处，此诗的知名度可见一斑。

望岳 诗意图　苗重安 绘

杜甫一生写过三首《望岳》。虽然题目一样，但是描写对象、背景、旨趣、体裁、风格各有不同。三首诗分别写于杜甫二十五岁、四十七岁和五十八岁时，把它们并读比较，可从中略窥杜甫青年、中年、暮年不同的际遇和胸怀。咏泰山的《望岳》正代表杜甫青年时期光芒四射、积极进取的人生；咏华山的《望岳》正代表杜甫中年时期失意彷徨、动极思静的人生；咏衡山的《望岳》可代表杜甫晚年时期内敛安命、与人为善的人生。

句解

岱宗夫如何？齐鲁青未了

泰山究竟如何？走遍齐鲁大地，只见一片青绿苍翠，一望无际。“岱”，泰山别名，旧谓泰山居五岳之首，为诸山所宗，故称岱宗。“齐鲁”，原是春秋时两个国名，在今山东省境内；齐国在泰山之北，鲁国在泰山之南，后以“齐鲁”作为这一地区的代称。因为是远望，诗人看不到太多的细节，只见到一片青绿苍翠，望不到边，故说“未了”。它生动地展现了泰山山脉连绵不断的形象，同时也有看不尽、道不完的意思。

起始两句以设问提起，既包含着酝酿已久的神往之情，更写出泰山雄拔于齐鲁大地的雄姿，可谓意出高远。清代沈德潜《唐诗别裁集》评论这后五个字“已尽泰山”，施补华《岘佣说诗》说，这五个字“囊括数千里，可谓雄阔”。

造化钟神秀，阴阳割昏晓

大自然似乎对泰山情有独钟，把神奇和秀美集中在它身上。高高的山峰，把泰山南北分割成一边亮，一边暗，就好像一边是黄昏，一边是晨晓。“钟”，聚集或集中之意。“阴阳”，山北背日为阴，山南向日为阳。“割”字用在这里，恰当地描绘了泰山的奇险。清代仇兆鳌《杜诗详注》说：“岱宗如何，意中遥想之词，自齐至鲁，其青未了，言岳之高远，拔地而起，神秀之所特钟，矗天而峙，昏晓于此判割，二语奇峭。”这两句诗已经体现出杜甫造语炼字精雕细刻、语不惊人誓不休的特点。

荡胸生层云，决眦入归鸟

细望泰山，山间云气生发，层层叠叠，令人心胸激荡起伏。诗人睁大了眼睛，极尽舒展目力，追羡那飞入山间的归鸟。刘勰谓“登山则情满于山，观海则意溢于海”，诗人目睹泰山的壮美而情怀满腔。前一句显出诗人襟怀的浩荡，后一句显出眼界的空阔。“决眦”，裂开眼角，形容极目远望的样子。诗人之所以如此，是山高鸟小，远望所致？还是诗人的神思随那鸟儿一起飞翔？这两句在写景之中，有诗人的不尽之意及神往之情。

会当凌绝顶，一览众山小

由望山而联想到登山。由久慕其名，到远望近观，再到决意登山，全诗虽无一个“望”字，但诗人分明不仅是用眼在望，更是用心在“望”。他想象总有一天，一定会登上泰山绝顶，放眼四望，脚下群山是那样的渺小！《孟子·尽心上》称“孔子登东山而小鲁，登泰山而小天下”，杜甫大概此时也是这样的心境吧。结句不但令全诗有含蓄不尽之味，更可看成是杜甫的自我期许，展示了一个青年诗人的雄心和气概。

评解

这是一首酷似五律的五言古体诗，尽管全诗为五言八句四十字，且中间两联对仗，但句中平仄声调未按规定顺序演排，各句之间也不粘缀，所以历代选本都归入“五言古诗”。这首诗的结构，清代仇兆鳌《杜诗详注》卷一分析得极好：“诗用四层写意。首联远望之色，次联近望之势，三联细望之景，末联极望之情。上六实叙，下二虚摹。”

本诗所写的虽是泰山，却也是作者借歌颂泰山之雄伟，兼写自己的胸怀，表现了一种积极用世的思想，眼下虽然未得志，但作者自信终能有所成就，攀越顶峰。全诗风格遒劲峻洁，气魄雄放，不愧是怀有大志者的诗作，所以《唐宋诗醇》卷九评价说：“四十字气势，欲与岱岳争雄。”明代莫如忠《登东郡望岳楼》诗则感叹：“齐鲁到今青未了，题诗谁继杜陵人？”

兵车行

车辚辚，马萧萧，行人弓箭各在腰。
耶娘妻子走相送，尘埃不见咸阳桥。
牵衣顿足拦道哭，哭声直上干云霄。
道傍过者问行人，行人但云点行频。
或从十五北防河，便至四十西营田。
去时里正与裹头，归来头白还戍边。
边庭流血成海水，武皇开边意未已。
君不闻汉家山东二百州，千村万落生荆杞。
纵有健妇把锄犁，禾生陇亩无东西。
况复秦兵耐苦战，被驱不异犬与鸡。
长者虽有问，役夫敢申恨？
且如今年冬，未休关西卒。
县官急索租，租税从何出？
信知生男恶，反是生女好。
生女犹得嫁比邻，生男埋没随百草。
君不见青海头，古来白骨无人收。
新鬼烦冤旧鬼哭，天阴雨湿声啾啾。

兵车行 诗意图　徐燕荪 绘

【题 解】

《兵车行》是杜诗名篇。诗人以满腔悲悯之情，含蓄而深刻地揭露了穷兵黩武、连年征战给人民带来的苦难，寄寓着对苦难的强烈同情，充满非战色彩。

它的写作时间，有天宝七载（748）、八载、九载、十载、十一载等多种说法。其实唐朝战争十分频繁，抽丁拉夫、生离死别的情形并不少见。因此，这首诗有着深刻的典型意义，不一定为某一具体历史事实所局限。清代浦起龙的《读杜心解》编入天宝五载至十三载，其间杜甫都在长安。

句解

车辚辚，马萧萧，行人弓箭各在腰

战车隆隆地响过，战马不停地嘶鸣；出征的士兵，都把弓箭佩挂在了腰上。诗一开篇即展现了兵车队伍出征时的情形，场面真实，语言流畅，声韵铿锵有力。“辚辚”，车行的轧压声。“萧萧”，战马嘶鸣声。“行人”，指兵士。相对于下文的“役夫”（从军多年的征戍军人）而言，这里是指行经咸阳桥的新征军士。

耶娘妻子走相送，尘埃不见咸阳桥。牵衣顿足拦道哭，哭声直上干云霄

这四句写军队开拔时送行的悲惨场面，从听觉、视觉上的强烈感受中，集中表现了当时众多家庭妻离子散的悲剧，令人触目惊心。爹娘、妻子和儿女跑着为被征的亲人送行，踏起来的尘土遮住了咸阳桥。他们有的扯住亲人衣裳，有的因情绪激动而以脚跺地，拦堵着京郊大道放声哭嚎，哭声一直冲上了九重云霄。

这样一个行军相送的场面，古今皆有，但如此仓促、混乱、悲惨，说明战争正在进行，社会处于混乱动荡之中，百姓正在遭受苦难。父母送儿、妻子送夫、儿女送爹，说明一个家庭的主要劳动力被抓走了，只剩下老弱妇幼。“走”，奔跑之意，既说明不忍分别，又点出行军之急。这一走，凶多吉少，谁知道是死是活？因而家人追奔呼号，这样的生死离别，怎不使人悲痛欲绝！“耶娘”，同“爷娘”，指父母。“咸阳桥”，在西安西北的渭河上，又称西渭桥，是唐代长安通往西域的要道。

道傍过者问行人，行人但云点行频

道旁有个过路的人，向征夫询问这情景的起因。征夫们匆匆地答道：“朝廷征兵太频繁。”这样的分别场面，明眼人一看就知道是为了什么。诗人故意通过设问的方法，让当事者，即被征发的士卒出场。但士卒们行色匆匆，一语作答，未及多言，大概有的也只是怨言。“傍”，同旁。“点行”，根据丁籍征发差役。

或从十五北防河，便至四十西营田

有的人从十五岁起就被北调守河右，直到四十岁又被西征去屯田。从这以下，诗人借用汉乐府常用的对话形式，将武皇开边以来人民饱受的征战之苦集中在一个老兵身上，设为“道傍过者”与他的回答之词，概括了从关中到山东，从边庭到内地，从士卒到农夫，广大人民深受兵赋徭役之害的历史和现实。

去时里正与裹头，归来头白还戍边

去的时候年纪小，还没有成丁，须由村长裹头巾；回来时已是满头白发，却还得应征去守边。由此可见，当时的战争给百姓带来了无穷的灾难，青壮年已征光了，未成年的孩子和老年人，仍要去戍边。“里正”，唐制，百户为一里，置里正一人，管户口、赋役等事务。“裹头”，用绸或布裹在头上。

边庭流血成海水，武皇开边意未已

边疆上战士的鲜血汇成了大海，可皇上哪管他们的死活，扩充领土的意图还没完没了。“边庭”，这里指西部边地。“武皇”，汉武帝，这里喻指唐玄宗。诗人以汉喻唐，大胆地把矛头直接指向最高统治者。

君不闻汉家山东二百州，千村万落生荆杞

您没有听说吗，华山以东二百多处州县，千千万万个村落，因连年征战变得人烟萧条，田园荒芜，荆棘横生，满目凋残。这两句从眼前之景言及全国，扩大了诗的容量，也加深了诗的表现深度。“汉家”，此借指唐朝。“山东”，指华山以东的地方。“二百州”，唐代潼关以东有七道，二百十七州，从后文来看，诗中实际指的是关中以外的所有地区。“荆杞”，荆棘之类野生灌木。

纵有健妇把锄犁，禾生陇亩无东西

男人都被征兵打仗去了，即便有健壮的妇女在家耕田犁地，那庄稼也是长得横七竖八，行列不整，收成怎能维持生计？是妇女种不好庄稼吗？不！是因为战争使得经济凋敝，人民负担加重，民不聊生。“无东西”，指庄稼长得杂乱不堪，行列不整，难辨东西。

况复秦兵耐苦战，被驱不异犬与鸡

何况关中的士兵最能忍苦作战，更像被驱赶的鸡狗一般。“秦兵”，即眼前被征调的陕西一带的兵丁。因为这地方的兵丁素来耐战，所以更是无休止地被征调。他们身不由己，何曾被视为“人”，其命运跟鸡犬又有什么不同！这正应了那句痛彻至极的话：“宁为太平犬，莫作乱离人。”

长者虽有问，役夫敢申恨

唉，军中地位显贵的人虽然也过问军士的生活，可那些征夫怎敢向他们申述自己的怨恨？在古文中，“长者”一般不用作自称，而用作他称，除“年长之人”、“位尊之人”这种通常意义外，还可解释为“显贵的人”，这里是对军中长官的称谓。这里可能隐去了一个问句，大概是“如此悲惨，难道就没有人过问吗？”然而即使过问，还不是敢怒不敢言？其痛之深，由此可见。

且如今年冬，未休关西卒。县官急索租，租税从何出

就说今年吧，已经到了冬天，朝廷仍不把我们这些关西的士兵放还。县官逼命催交租，租税又从哪儿出？前面说“山东”，这里又云“关西”，可见到处都在用兵。“租税从何出”，与健妇、锄犁二语相应。兵革未止，耕夫都已出征，地都荒了，租敛又从何而出？

信知生男恶，反是生女好。生女犹得嫁比邻，生男埋没随百草

现在确实感受到，生男不如生女好。生女还能嫁近邻，生男难免战死埋荒草。在中国这样一个素有“重男轻女”传统的国家，说这样的话，并非一时愤激之语，而是为社会现实所逼。生个女儿，就算出嫁了，好歹还可以嫁给近邻，有个照应。生个儿子呢，只能被征去打仗，即便活着，也让家人牵肠挂肚，担惊受怕，更何况凶多吉少。在这里，生儿生女“好”与“不好”的标准，似乎只有一个，即是否能活下来。这种异样的心态，进一步点出战争给人们带来的精神上的苦难。

君不见青海头，古来白骨无人收。新鬼烦冤旧鬼哭，天阴雨湿声啾啾

您没看到吗，自古以来那青海边，遍地白骨没人收掩。旧鬼在啼哭，新鬼在诉冤，每当天阴雨湿，哭声啾啾，真是凄惨！开篇是人哭，终篇是鬼哭，悲惨的场面、寂冷阴森的情景，令人不寒而栗，这都是“开边未已”导致的恶果。诗人将眼前的生死离别与千百年来无数征人有去无回的事实相联系，使这首诗从更为高远的角度，暗示了统治者穷兵黩武的历史延续性。“青海头”，即青海

边，原为吐谷浑之地，唐高宗时为吐蕃所占，以后数十年间，和吐蕃的战争大都在这一带发生，唐军死亡很多。“烦冤”，愁闷冤枉。“啾啾”，古人想象中鬼的叫声。

评解

这是一首讽世伤时的七言歌行，它寓情于叙事之中，在叙述中张翕变化有序，前后呼应，严谨缜密。诗的字数杂言互见，韵脚平仄互换，多处使用了民歌的“顶真”手法，诵读起来，累累如贯珠，声调抑扬顿挫，情意低昂起伏。既井井有条，又曲折多变。另外，还运用了对话方式和一些口语，使读者有身临现场的真切感，真可谓“新乐府”诗的典范。其主旨，单复分析说：“此为明皇用兵吐蕃而作，故托汉武以讽，其辞可哀也。先言人哭，后言鬼哭，中言内郡凋弊，民不聊生，此安史之乱所由起也。吁，为人君而有穷兵黩武之心者，亦当为之恻然兴悯，惕然知戒矣。”（《唐宋诗醇》卷九）

作为杜甫最早的一首新题乐府，《兵车行》标志着杜甫创作道路上的重要里程碑，也是唐诗发展史上值得大书特书的关键。《兵车行》一诗，因事命题，对于以旧题写时事之旧习，进行了革新。杜甫之前的乐府诗，往往“文不对题”，诗题与时事之间存在着间隔，不同步地反映现实。《兵车行》则使这一诗歌形式恢复了与现实之间的密切联系，而不再受古题的束缚，使读者很自然地把诗歌描写的内容同当时发生的史事联系起来。

丽人行

三月三日天气新，长安水边多丽人。
态浓意远淑且真，肌理细腻骨肉匀。
绣罗衣裳照暮春，蹙金孔雀银麒麟。
头上何所有？翠微㔩叶垂鬓唇。
背后何所见？珠压腰衱稳称身。
就中云幕椒房亲，赐名大国虢与秦。
紫驼之峰出翠釜，水晶之盘行素鳞。
犀箸厌饫久未下，鸾刀缕切空纷纶。
黄门飞鞚不动尘，御厨络绎送八珍。
箫鼓哀吟感鬼神，宾从杂遝实要津。
后来鞍马何逡巡，当轩下马入锦茵。
杨花雪落覆白苹，青鸟飞去衔红巾。
炙手可热势绝伦，慎莫近前丞相嗔。

丽人行 诗意图 程十发 绘

【题 解】

《丽人行》是一首“旧瓶装新酒”的七言乐府诗，诗题在汉代刘向《别录》中已有记载。但因其内容是直接针对当时的宰相杨国忠兄妹，不用古乐府借古喻今的惯例，所以中唐的元稹称其为“新乐府”。今天看来，可以视为杜甫新题乐府中的例外。这首诗大约作于天宝十二载（753）。此前一年，杨国忠官拜右丞相兼文部尚书，势倾朝野。

《丽人行》是杜甫的名篇，描写的是一个春暖花开的时节，杨国忠兄妹在长安城南曲江游宴时的情景，讽刺了他们骄奢淫逸的丑行，也从侧面曲折地反映了唐玄宗的昏庸和时政的腐败。

句解

三月三日天气新，长安水边多丽人

三月三日这一天，天气晴新；在长安城的曲江池畔，丽人聚集如云。开头先点出时间，是三月三日上巳节。古时的上巳节，原定于三月上旬的一个巳日，所以叫上巳。曹魏以后，这个节日才固定在三月三日。早先，人们到水边去游玩采兰，以驱除邪气，祓除不祥。后来逐渐演变成郊游踏青、水边宴饮，反而重在赏玩景物和饮酒作诗，其祭神沐浴的原意则慢慢消失了。“水边”，指曲江池边，在唐都城长安东南角，景色秀丽，是游览胜地。唐朝时，这一天多有仕女赏游于此。唐人刘笃《上巳日》诗有云：“上巳曲江滨，喧于市朝路。相寻不见者，此地皆相遇。”

态浓意远淑且真，肌理细腻骨肉匀

丽人们姿态浓艳，神情高远，模样端庄，天真自然，并且一个个肌肤纹理细腻，骨肉标致匀称。齐梁以来的歌行体善以富丽的词采赋写女子容饰，诗人借鉴这一传统手法，用工笔画一般细腻的笔法、富丽的色调，渲染丽人们娴雅的体态，优美的姿色，显示出与众不同的高贵身份，一看就是皇亲、贵族。明末王嗣奭《杜臆》评价说：“本是讽刺，而诗中直叙富丽，若深不容口，妙妙。”

绣罗衣裳照暮春，蹙金孔雀银麒麟

诗人在描写丽人容貌之后，接着言其服饰之华丽：绣花绫罗的衣裳，辉映着那暮春的风光，上面有金线绣的孔雀，银线刺的麒麟。“蹙金”，一种刺绣方法，用金线绣花而皱缩其线纹，使其紧密而匀贴。也可指这种刺绣工艺品。

头上何所有？翠微㔩叶垂鬓唇

头上戴着什么呢？翠青色的㔩彩叶一直下垂到双鬓。“翠微”，本来形容山光水色的青翠缥缈，这里是指天然的翠青色。“㔩叶”，即㔩彩叶，古代妇女发髻上的花饰。“鬓唇”，即鬓边、鬓脚。

背后何所见？珠压腰衱稳称身

继描绘头饰之后，又推出背部特写。背后见到什么？是缀满珍珠的裙腰，看哪，多么稳称合身。“珠压”，谓珍珠缀于腰带，压住使其下垂，不让风吹动，既合体，又沉稳，所以下面说“稳称身”。“腰衱”，裙带，这里作腰带解。

就中云幕椒房亲，赐名大国虢与秦

诗人在前面描写的是一般丽人，其容貌服饰之华美已不待言。不过，她们都是陪衬，现在，主角要出场了。你看，江边有几座轻柔飘洒如云雾的帐幕，里面是杨贵妃的姐姐们，就是那被皇上封为“虢国”、“秦国”的国夫人。“云幕”，这里代指皇帝的处所。“椒房”，本指汉代皇后居室，以椒和泥涂壁，取其温暖，兼辟除恶气，使有香气，后世因称皇后为椒房。虢国夫人和秦国夫人均为杨贵妃的姊妹，所以说“椒房亲”。杨贵妃，本是唐玄宗之子李瑁的妻子，后被玄宗看中。《旧唐书·杨贵妃传》载，贵妃大姐封韩国夫人，三姐封虢国夫人，八姐封秦国夫人，出入宫掖，并承恩泽。唐玄宗特令每月各给十万钱，专作脂粉之费，平日赏赐更是不计其数。她们出门游玩时，各家成一队，穿一色衣服，仿佛云锦粲霞；车马仆从，堵塞道路。中唐画家张萱曾画过《虢国夫人游春图》，在一定程度上反映出当时的情景。杨贵妃的叔叔和兄弟也都通过裙带关系，被加官进爵，其中杨国忠更是以椒房之亲而官至丞相。

紫驼之峰出翠釜，水晶之盘行素鳞

她们在云帐里面摆设酒宴，用色泽鲜艳的铜釜盛着香喷喷的紫驼峰肉，用水晶圆盘盛着肥美的清蒸鲜鱼。“峰”，一作“珍”。“素鳞”，白色的鱼。这里的“翠”，并非翠色或翡翠的意思，因为当时的釜一般都是用黄铜制作，即使其耳或柄可用玉作装饰，但以“翠釜”来指玉饰的釜，也是不大妥贴的。故“翠釜”实际就是指色泽金黄鲜艳的铜釜，这与称华美的楼阁为“翠楼”用法相同。而在修辞上，以“翠”与“紫”相互映衬，更能衬托出杨氏姐妹食馔的珍美、生活的豪华与奢侈。

犀箸厌饫久未下，鸾刀缕切空纷纶

手捏犀牛角做的筷子，却迟迟不夹菜，因为这些早就吃腻了。只可怜那些手拿弯刀精切细作的厨师们，他们可是白白地忙活了一场。“犀箸”，犀牛角做的筷子，言餐具之贵重。“厌饫”，饱食生腻。“鸾刀”，刀环装有鸾铃的刀，古代一般在祭祀时割牲用。“缕切”，切成细丝，言食物之精美。“纷纶”，忙碌之意；前加一个“空”字，有劳民伤财之意。

黄门飞鞚不动尘，御厨络绎送八珍

太监们飞马回宫报信，却不扬起灰尘，不一会儿，就有天子的御厨络绎不绝地送来海味和山珍。从这样的排场中，可见她们受到皇帝何等的宠幸。“黄门”，指太监。因东汉有黄门令、中黄门诸官，皆为宦官充任，故称。“飞鞚”，疾驰的马；鞚，原指马笼头，这里借指马。“八珍”，最早出现在《周礼·天官冢宰第一》中。文中说，周天子进膳时，“食用六谷，膳用六牲，饮用六清，羞用百有二十品，珍用八物，酱用百有二十瓮”。“珍用八物”，就是说珍贵的肴馔要取用八种东西，于是就有了“八珍”之说。后来，“八珍”就成了珍贵食物的代名词。

箫鼓哀吟感鬼神，宾从杂遝实要津

宴席上箫鼓奏出清音，缠绵宛转的乐曲感动鬼神。宾客随从众多而杂乱，满座都是当朝的达官贵人们。这两句暗指贵人受宠，趋炎附势者众多。“箫鼓”，一作箫管。“杂遝”，众多杂乱貌。“要津”，原指重要的津渡，亦比喻要害之地，这里指显要的职位、地位。

后来鞍马何逡巡，当轩下马入锦茵

最后骑着马，姗姗来迟的，是杨丞相。他大模大样，旁若无人，来到轩门才下马，步入锦毯铺地的帐篷，去会国夫人。“后来鞍马”，指杨国忠，却故意不在这里明说。杨国忠于天宝十一载（752）十一月，拜右丞相兼文部尚书，外凭右相之尊，内恃贵妃之宠，擅权专断，颐指气使，阻塞言路，使朝政昏暗。“逡巡”，原意为欲进不进，这里是顾盼自得的意思。

杨花雪落覆白苹，青鸟飞去衔红巾

曲江岸边，杨花如雪飘落，覆盖在白苹上。传情的青鸟飞过，叼走了国夫人的红手巾。这两句借曲江池边景，巧用北魏胡太后私通杨白花的故事和青鸟传书的典故，含蓄而又尖锐地揭露了杨氏兄妹淫乱无耻的丑行。

“白苹”，指水中浮草。北魏胡太后曾威逼杨白花与己私通，杨白花惧祸，降梁，改名杨华。胡太后思念他，作《杨白花歌》，有“杨花飘荡落南家”，及“秋去春来双燕子，愿衔杨花入窠里”之句。《世说》里说：“杨花入水，化为浮萍”之说，意思是杨花、白苹实为一体。杨国忠与虢国夫人本为兄妹关系，就像那杨花、白苹一样，但据宋代乐史《杨太真外传》，二人有淫乱丑行。这一句既是喻讽，又暗合诸杨之姓。

“青鸟”，最早出自《山海经》，是神话中的鸟名，西王母的使者。相传西王母将见汉武帝时，先有青鸟飞集殿前。后被用作男女之间的信使，这里喻指为杨氏传递消息的人。“红巾”，妇女所用的红手帕，这里是说使者在暗递消息。

炙手可热势绝伦，慎莫近前丞相嗔

丞相权势正天下绝伦，炙手可热好怕人。游人啊，请小心，那座帐篷千万别去靠近，惹怒了丞相，可别怨他怪罪！“丞相”，指杨国忠，直到这时，才在诗中点明。而诗至此高潮，即戛然而止。清代黄生《杜诗说》云：“先时丞相未至，观者犹得近前。及其既至，则呵禁赫然，远近皆为辟易（即远远躲开）。此段具文见意，隐然可想。”诗句表面似乎含蓄，实则非常尖锐；表面似乎幽默，实则非常辛辣。炙手可热，原意是手一接近就感受很热，使人接近不得，引申比喻权势气焰嚣张。“绝伦”，无人能比。

评解

这首诗本刺杨家兄妹，开头反从一般丽人写起，描绘其体貌服饰的华美，既是陪衬，又十分含蓄。继而笔锋一转，点出虢国夫人与秦国夫人，盛言排场的盛大、宴游的豪奢及趋炎附势者之众，见出杨氏兄妹的骄宠之态。最后写杨国忠威势煊赫、意气骄恣，并暗示其淫乱行为。结尾两句，才算把主题点出，但依然不着议论，而是让读者自去体会。全诗语极铺排，富丽华美中蕴含清刚之气。虽然字面上不见讥刺痕迹，但在惟妙惟肖的描摹中，其隐含犀利的讥讽，已然入木三分。正如清人浦起龙《读杜心解》所评：“无一刺讥语，描摹处语语刺讥；无一慨叹声，点逗处声声慨叹”。

自京赴奉先县咏怀五百字

杜陵有布衣，老大意转拙。许身一何愚，窃比稷与契。
居然成濩落，白首甘契阔。盖棺事则已，此志常觊豁。
穷年忧黎元，叹息肠内热。取笑同学翁，浩歌弥激烈。
非无江海志，潇洒送日月。生逢尧舜君，不忍便永诀。
当今廊庙具，构厦岂云缺？葵藿倾太阳，物性固难夺。
顾惟蝼蚁辈，但自求其穴。胡为慕大鲸，辄拟偃溟渤？
以兹悟生理，独耻事干谒。兀兀遂至今，忍为尘埃没？
终愧巢与由，未能易其节。沉饮聊自适，放歌颇愁绝。
岁暮百草零，疾风高冈裂。天衢阴峥嵘，客子中夜发。
霜严衣带断，指直不得结。凌晨过骊山，御榻在嵽嵲。
蚩尤塞寒空，蹴踏崖谷滑。瑶池气郁律，羽林相摩戛。
君臣留欢娱，乐动殷胶葛。赐浴皆长缨，与宴非短褐。
彤庭所分帛，本自寒女出。鞭挞其夫家，聚敛贡城阙。
圣人筐篚恩，实欲邦国活。臣如忽至理，君岂弃此物？
多士盈朝廷，仁者宜战栗。况闻内金盘，尽在卫霍室。
中堂舞神仙，烟雾散玉质。暖客貂鼠裘，悲管逐清瑟。
劝客驼蹄羹，霜橙压香橘。朱门酒肉臭，路有冻死骨。
荣枯咫尺异，惆怅难再述。北辕就泾渭，官渡又改辙。
群冰从西下，极目高崒兀。疑是崆峒来，恐触天柱折。
河梁幸未坼，枝撑声窸窣。行旅相攀援，川广不可越。
老妻寄异县，十口隔风雪。谁能久不顾，庶往共饥渴。
入门闻号咷，幼子饥已卒。吾宁舍一哀，里巷亦呜咽。
所愧为人父，无食致夭折。岂知秋禾登，贫窭有仓卒？
生常免租税，名不隶征伐。抚迹犹酸辛，平人固骚屑。
默思失业徒，因念远戍卒。忧端齐终南，澒洞不可掇。

自京赴奉先县咏怀五百字 诗意图 陈谋 绘

【题解】

这首诗作于天宝十四载（755）。十月，杜甫得到右卫率府兵曹参军的任命。十一月，杜甫从京城长安去奉先县（治所在今陕西蒲城）探家，安禄山恰在此时造反。杜甫经骊山时，安史之乱的消息还无从知晓，唐玄宗和杨贵妃正在骊山华清宫避寒享乐。诗人久已积压在心头的政治危机感和大乱将临的预感，为沿途所见荣枯之异和到家后得知幼子饿死等事所激发，于是创作了这首名诗。

全诗凡五百字，而其中叙述自京师出发，过骊山，就泾渭，抵奉先，不过数十字，其余都是议论或感慨，因为题目毕竟是“咏怀”。作为杜甫五言古诗中的代表作，全诗所咏之怀，主题有二：一是叙说他素怀济世之志，却不得伸展，虽艰难困苦，仍不改初衷。二是对正在骊山行宫中肆意挥霍享乐的玄宗君臣提出责难，对社会上严重的贫富分化，及动乱的苗头表示了沉重的忧虑。全诗以“穷年忧黎元”为主线，标志着诗人忧国忧民的现实主义创作思想已经形成，具有划时代的意义。它是杜甫困居长安十年生活与思想的总结，在艺术上也已达到纯熟境地。

句解

杜陵有布衣，老大意转拙。许身一何愚，窃比稷与契

开篇以“咏怀”起：我这个住在杜陵的布衣之士，年纪越来越大，心思反而越来越拙笨；我对自己的期许是多么愚蠢啊，竟然暗自比为后稷和契这两位贤臣。前两句是自谦之词，隐含怀才不遇之慨；后两句为自嘲之词，隐含自述生平大志之意。卑中有傲，怨中带愤，却表达得委婉曲折。

杜甫的远祖杜预是杜陵人，杜甫在长安时，居住在杜陵东南的杜曲，所以他自称杜陵布衣。所谓“老大”，带有慨叹，因为杜甫当时才四十四岁。而“拙”，同样也是饱含辛酸的愤怨之词。“许身”，即自许，自期。“稷”，即后稷，尧时的贤臣，是教民播种五谷的农官。“契”，舜时的贤臣，任司徒，掌管教化，推行文化教育。

居然成濩落，白首甘契阔。盖棺事则已，此志常觊豁

果然是大而无当，沦落失败了，但我明知定要失败，仍旧甘愿这样困苦到老。如果死了，那就罢了；倘若还未盖棺，还有一口气，我还是希望实现自己济世爱民的理想。

“濩落”，原谓廓落或瓠落，即空廓而无用，大而无当，引申为沦落失意。“契阔”，指勤苦，劳苦。《新唐书·杜甫传》说：“甫旷放不自检，好论天下大事，高而不切。”所以，为世俗所不容。志在圣贤事业，而不为人所理解，自然要沦落失意了。“觊豁”，希望能达到。

穷年忧黎元，叹息肠内热。取笑同学翁，浩歌弥激烈

一年到头为百姓而忧伤，叹息之中，内心火辣辣地难过。自己的志向常被同学翁们所取笑，但理想之歌，却更加激昂高亢。诗人关心百姓疾苦，愿为民尽自己的一生，忧民情怀，感人至深。但当时却常为不知者所嘲笑，纵然如此，他还是矢志不移。这几句表现了诗人追求理想的执着信念。“穷年”，终年，长年。“黎元”，指老百姓。“肠内热”，内心煎熬。

非无江海志，潇洒送日月。生逢尧舜君，不忍便永诀

我不是没有隐逸江湖、浪迹天涯的志趣，不是不愿过那种潇洒自如、悠闲自在的生活；只是因为生逢尧舜一样圣明的君主，不忍心掉头而去，永远离开。这几句表现了诗人得君济民的志向，有积极用世的思想。“江海志”，指浪游天下，隐居不仕。“尧舜君”，对应着上文所说的稷与契。欲为稷契，就要下救黎元，上辅尧舜，这是全篇主旨所在。江海之士遗世自保，朝中之臣多有尸位素餐者，杜甫却始终忧国忧民，这是他的伟大精神所在，也是为人取笑，不被理解的原因。

当今廊庙具，构厦岂云缺？葵藿倾太阳，物性固难夺

既逢尧舜一样的圣主明君，当今朝廷中有的是撑拄巨厦的栋梁之材，难道说还缺少我这一块料吗？即使如此，我还是像那向日葵始终跟着太阳转一样，因为物的本性是难以改变的。既然朝廷不少他一人，诗人却偏要跻身其中，这是进一步说明其积极用世之心。而将此归为天性，则其忠君爱国、匡国利民之情之志，实是坚不可移。“夺”，改变的意思。“葵藿”，向日葵花。

顾惟蝼蚁辈，但自求其穴。胡为慕大鲸，辄拟偃溟渤

忠君爱国发乎天性，固然很好，是不是过于热衷功名呢？所以接下来予以自剖：回过头看一看，想一想，那些蝼蚁辈只知道经营自己的安乐窝；我为什么就羡慕那大鲸，总想在大海里游息？鲸鱼之志，而冠以“胡为”，这一正话反说，也是杜甫自嘲其拙。

以兹悟生理，独耻事干谒。兀兀遂至今，忍为尘埃没

从中我领悟了人生处世之道，特别耻于屈身拜谒权贵。也正因此，艰难困苦的生活延续至今，但我决不甘心被世俗的尘埃所湮没。杜甫悟出了什么“生理”呢？清何焯《义门读书记》说：“言自知不得不与蝼蚁争荣。”自己虽有用世之心，可是耻于奔走权门之路，落得埋没风尘。宋黄彻《䂬溪诗话》评论说：“言志大术疏，未始阿附以借势也；为下士所笑，而浩歌自若，皇皇慕君，而雅志栖遁；既不合时，而又不少低屈。皆设疑互答，屡致意焉。非巨刃有余，孰能之乎？”

终愧巢与由，未能易其节。沉饮聊自适，放歌颇愁绝

终究愧对巢父和许由这两位高士，我实在不能改变积极入世的大节。只好沉饮，聊以自遣；放声歌唱，但还是忧愁难绝。“巢与由”，巢父和许由，是古代两位避世隐居的高士。这几句自伤抱志莫伸。即使耽误了生计，瞧不起蝼蚁之卑，也愧对巢由之高，但也不肯归隐。所以进退踯躅之际，只好沉饮自遣。

开篇至此，诗人在回顾往事的万般感慨中，倾吐了不遇之悲和身世之感。以下写途经骊山的见闻和感想。

岁暮百草零，疾风高冈裂。天衢阴峥嵘，客子中夜发。霜严衣带断，指直不得结。凌晨过骊山，御榻在嵽嵲

时当年末，百草凋零，猛烈的北风冻裂了高山岩石。天空阴云密布，寒气阴森。半夜时分，我从长安启程。严酷的霜雪，冻断了衣带；冻僵的手指，难以把它系上。凌晨时，路过骊山脚下，皇上的卧榻正设在高峻的山上。

“天衢”，天空，一说天街。“骊山”，在长安东六十里处，山中有温泉，建有华清宫，为皇帝避寒之所。“嵽嵲”，高峻的山。

蚩尤塞寒空，蹴踏崖谷滑。瑶池气郁律，羽林相摩戛

兵气弥天，崖谷路滑；每走一步，都提心吊胆。而行宫里的温泉池，却蒸腾着暖气，宫外的禁卫军密密麻麻，兵器如林，相互碰撞。通过这些叙述，不仅令人身临其境地感受到行旅风霜之苦，而且反衬出骊山华清宫内的暖意，使宫内宫外的苦乐形成强烈的反差。“郁律”，烟雾蒸腾的样子。

“蚩尤”，传说中的古代九黎族首领。以金作兵器，与黄帝战于涿鹿，决战时雾塞天地，失败被杀。这里以人代物，借指雾。“蹴”，踩，踏。

君臣留欢娱，乐动殷胶葛。赐浴皆长缨，与宴非短褐

骊山上的音乐惊天动地，君臣留在行宫里，通宵达旦地欢娱。被皇帝赐浴

温泉的都是达官显贵，赐与宴饮的没有一个是平民百姓。这几句记述君臣在骊山的游乐之迹。“殷”，盛大，厚重。“膠葛”，深远广大的样子。“缨”，系冠的带子，以二组系于冠，结在颔下。“长缨”，这里代指达官显贵。“短褐”，乃贫贱者所穿，这里代指平民百姓。

彤庭所分帛，本自寒女出。鞭挞其夫家，聚敛贡城阙

朝廷分给臣子的丝绸织物，本是贫寒的女子织成；官吏们横征暴敛，鞭挞其夫，把它们进贡给宫廷。这四句是诗人有愤于统治者的耽乐害民，据实加以披露，语意沉痛。据史书记载，天宝八载，玄宗因为国库充实，视金帛如粪土，经常大量赏赐贵宠之家。“彤庭”，亦作彤廷。彤，朱红色。汉代宫廷，因以朱漆涂饰，故称，这里指代朝廷。“城阙”，京城的宫阙，指代首都长安。

圣人筐篚恩，实欲邦国活。臣如忽至理，君岂弃此物

皇上把一筐一筐的绢帛恩赐给群臣，本意是想奖励他们努力工作以使国家兴盛。作臣子的如果忽视这一道理，分帛而不分忧，那么皇上难道不是把这些东西白白扔掉了？黄生《杜诗说》评论说：“本讽朝廷赏赉无节，然但归咎臣下虚糜主上之赐，深得立言之体。”“圣人”，是古代对皇帝的习惯称呼。“筐”，“篚”，都是盛物的竹器。“活”，犹苏醒，指代治理。

多士盈朝廷，仁者宜战栗。况闻内金盘，尽在卫霍室

众多的官吏站满了朝廷，那些有良心的人见到这种单纯追求赏赐而不为国家分忧的现象，是应该感到后果可怕的。何况听说宫廷里的珍宝器物，都已流落到皇亲国戚的家里。

诗人讥讽赏赐泛滥的同时，暗示出当时国库空虚的重要原因。“多士”句，照应上文的“当今廊庙具”。“卫霍”，卫青、霍去病，是汉代的外戚。此指杨氏家族。

中堂舞神仙，烟雾散玉质。暖客貂鼠裘，悲管逐清瑟

想那厅堂之上，杨氏姐妹在翩翩起舞，透过轻烟一样的舞衣，洁白的肌肤依约可见。宾客穿着轻暖的貂皮大衣，激昂的管乐和清细的弦乐一曲接一曲。由文武百官，到中枢大内，再到皇帝宠妃，诗人一步逼紧一步，言其享乐生活，虽未直言皇帝，其情可想而知。“神仙”，舞女歌伎的代称，这里指虢国夫人或杨玉环。

劝客驼蹄羹，霜橙压香橘。朱门酒肉臭，路有冻死骨。荣枯咫尺异，惆怅难再述

酒宴间，劝宾客品味驼蹄羹，饭后又端上一盘盘霜橙和香橘。豪门之家酒肉堆积变了味，宫外路上横陈着冻死者的尸骨。咫尺之间就有如此的荣枯之异，我的心惆怅之极，实在无法再细说什么！“朱门”一联，形象而凝炼，是千古传诵的名句。它以议论入诗，大大提高了诗的思想性，既深刻地揭露了唐代剥削制度的本质特征，戳穿了封建盛世虚幻的帷幕，又是整个社会贫富悬殊对立的典型概括。

“朱门”，古代王侯以朱红涂户，这里代指贵族之家。“荣”，指门第高贵，钱财众多，申说上面朱门之尊荣。“枯”，指低贱贫困，申说上面的“路有冻死骨”。咫，周制八寸为咫，相当于今制市尺六寸多。

北辕就泾渭，官渡又改辙。群冰从西下，极目高崒兀。疑是崆峒来，恐触天柱折

以下写诗人继续北上辛苦跋涉的情状及到家后的境况。向北行进，来到泾渭二水会合处，渡口移动了位置，只好改道寻找。找到新的渡口却又无船可渡，只见层层冰块从西面漂流而下，放眼望去，上游的冰凌像山一样高，仿佛是崆峒山顺水漂来，真担心会撞断天柱啊！

“官渡”句，官府在泾、渭二水的汇合处昭应（今陕西临潼）设渡口，因水势不定，渡口常移。“崆峒”，山名，在今甘肃省平凉县西，泾河发源于此山。诗人以水势和“天柱折”这一典故，隐喻当时国家形势的危急，寓意深刻。“天柱折”，典出《淮南子 · 天文训》：“昔者共工与颛顼争为帝，怒而触不周之山。天柱折，地维绝。天倾西北，故日月星辰移焉”。

河梁幸未坼，枝撑声窸窣。行旅相攀援，川广不可越

幸好桥梁没有断裂，但是支柱已然窸窣作响。行旅之人相互搀扶着走在上面，真担心不能平安通过这么宽的河面。“河梁”，河桥。“窸窣”，动摇之声。

老妻寄异县，十口隔风雪。谁能久不顾，庶往共饥渴

老妻寄居在异地他乡，严冬的风雪隔断了一家十口。身为妻夫子父，谁能长期不顾及她们？我希望前往与她们共受饥寒。“寄”，客居。“异县”，指奉先县。

入门闻号咷，幼子饥已卒。吾宁舍一哀，里巷亦呜咽。所愧为人父，无食致夭折。岂知秋禾登，贫窭有仓卒

刚一进门就听到嚎啕痛哭，原来我的小儿已被活活饿死。我岂能忍住哀痛，街坊邻居也为此呜咽流泪。所感愧的是我作为孩子的父亲，能生不能养，致使这小小生命竟因无食而夭折。哪里料到眼下大秋刚过，我们贫苦人家仍然不免于意外的悲伤！

生常免租税，名不隶征伐。抚迹犹酸辛，平人固骚屑

我们这样的人家是免交租税的，也是不用去当兵的，然而思量自身的经历，是这样的辛酸。至于一般的平民百姓，他们的日子当然是更为动荡不安。诗人由自己的不幸看到社会的普遍不幸，不仅见出推己及人的“仁者之心”，而且在“平人”的扰乱不安中，透出一触即发的社会危机。“抚迹”，犹抚事。“平人”，即平民，唐人避太宗李世民之讳，改“民”为“人”。“骚屑”，骚动不安。

默思失业徒，因念远戍卒。忧端齐终南，澒洞不可掇

我默默地思虑那些失去产业的人，还有那些扔下一家老小远戍边塞的士兵。我的忧思啊，与高耸入云的终南山齐巅，像汹涌无边的大海，广漠无涯，无法收敛。

富于同情心和社会责任感的杜甫，将个人的命运同时代的苦难纠结在一起，从自身的遭遇联想到更多的人、更普遍的社会问题。前两句以悯乱收束，后两句以咏怀总结，身世之患深矣。我之忧尚且如此，推己及人，则下民与戍卒之忧，又有远甚于我的，真是百端交集，所以说“齐终南”，“不可掇”。“终南”，山名，在今陕西省西安市南。“澒洞”，相连无际、广漠无边的样子，这里用来形容忧愁。“掇”，拾取、收拾之意。

评解

此为杜甫诗史巨篇，清代浦起龙《读杜心解》高度评价这篇作品，说：“是为集中开头大文章，老杜平生大本领，须用一片大魄力读去。……通篇只是三大段，首明赍志去国之情，中慨君臣耽乐之失，末述到家哀苦之感，一篇之中三致意焉。”张溍更称赞这首诗是“文之至者，止见精神，不见语言，此五百字，真恳切到淋漓沉痛，俱是精神，何处见有语言。”

这首诗以诗人所经过的路线为纲，所见所闻为目，首句至“愁绝”句，是

自叙其志向，虽然落魄不遇，仍希望实现济世的理想。“岁暮”至“再述”，叙述沿途所见宴游之事，所闻奢靡之风，以感切时政。“北辕”至最末，叙述历险赴家，而有幼子饥死之惨剧，念及穷民，而忧及国事。

全篇言言深切，字字沉痛，感时忧国，披写满怀，有千里一曲之势，而笔笔顿挫，一曲中又有无数波折。用今天大家常用的话说，这首诗最大的特点就是沉郁顿挫，这也是杜诗的主要风格特征。杜甫是系念国家安危和生民疾苦的诗人。动乱的时代，个人的坎坷遭遇，一有感触，则悲慨满怀。他的诗有一种深沉的忧思，无论是写生民疾苦、怀友思乡，还是写自己的穷愁潦倒，感情都是深沉阔大的。他的诗，蕴含着一种厚积的感情力量，每欲喷薄而出时，他的仁者之心和儒家涵养所形成的中和处世的心态，便把这喷薄欲出的悲怆抑制住了，使它变得缓慢深沉，变得低回婉转。诗中先叙抱负之落空，仕既不成，隐又不遂，中间四句一转，感情波澜起伏，待到郁勃不平之气要爆发出来，却又撇开个人的不平，转入对骊山的描写。由骊山上的奢靡生活，写到贫富悬殊，不平愤懑之情似乎又是要喷薄而出了，但是没有；感情回旋，变成了“荣枯咫尺异，惆怅难再述”的深沉叹息。至“幼子饿已卒”，悲痛欲绝的感情，看来似乎要难以自制了，最后由个人的悲痛转为对百姓苦难的深沉忧思，留下无穷的余韵。

月夜

今夜鄜州月，闺中只独看。
遥怜小儿女，未解忆长安。
香雾云鬟湿，清辉玉臂寒。
何时倚虚幌，双照泪痕干？

【题解】

唐玄宗天宝十五载（756）七月，安史叛军攻陷长安后的一个月，肃宗在灵武（今属宁夏）即位，改元至德。八月，杜甫携家逃难鄜州，把家人安置在羌村之后，只身奔往灵武，想为国效力，不料在途中被安禄山叛军所俘，押往长安。因官职卑微，也没有什么名声，未被囚禁，但身陷叛军占领之地，安危难测。当此之际，亲情最难释怀，于是写下这首五律，表达对离乱中的妻子家小的深切挂念。

月夜 诗意图 华三川 绘

句解

今夜鄜州月，闺中只独看

今晚圆圆的秋月多么皎洁美好，妻子一人在鄜州闺中独看。开篇写得既突兀又形象。诗人身在长安，不写长安的月夜，却写起鄜州的月色；不写自己怀念妻子，反而写妻子想念自己。这种写法虽违常规，但细细玩味，它已包含自己在内。正是因为诗人在长安望月，在想念妻子，才想到妻子正在思念自己。“只独看”，虽是描写想象中妻子孤独望月的形象，但使人感到她望月时感情是那样的真挚和凝重。妻子如此，诗人又何尝不是这样呢？这种寓主观于客观，以客观写主观的手法，新颖而别致。“鄜州”，今陕西省富县。

遥怜小儿女，未解忆长安

上一联写怀念妻子，这一联写思念儿女，抒发无言的悬念之苦。诗人在远方怜爱着小儿幼女们，想着他（她）们还不懂得想念远在长安的父亲，还不理解母亲望月怀人，思念长安！儿女幼小，不懂世事，诗人自是无限怜爱。同时，也进一步显出妻子之“独”。她携儿带女，独处荒村，自是苦不堪言。“遥怜”一词，道出诗人无限的忧思和怜爱，同时也反衬出妻子的遥念和伤悲。清代仇兆鳌《杜诗详注》说：“意本思家，而偏想家人之思我，已进一层。至念及儿女之不能思，又进一层。须溪（刘辰翁）云‘愈缓愈悲’是也。”

香雾云鬟湿，清辉玉臂寒

夜深露重，你乌云似的散发着芳香的头发已为雾气所湿。月光如水，你如玉的臂膀，应该感到凄寒。这两句描绘出清幽的夜景，更勾勒出妻子笼罩在清光夜雾中的倩影，真切地描绘了一个似乎近在身旁却又远在天边的幻象，诗人神思恍惚的情态也可以想见。明末王嗣奭《杜臆》云：“语丽而情更悲”。“湿”、“寒”二字，写出夜已深而人未寐的情景。“香雾”，夜雾本无香，香是从云鬟中散出。“云鬟”，妇女如云一样的鬟发。

何时倚虚幌，双照泪痕干

何时能团聚，双双依偎在薄帷前，共赏和今天一样的月光？让月光照干我俩两地相思的泪痕！

妻子担心丈夫的安危，不免黯然泪下。诗人想到妻子忧心不寐，自己也忍不住伤心落泪。这是补足前面未曾说出的忧思之泪。两地“独看”，泪痕里浸透着天下乱离的悲哀。“虚幌”，薄而透明的帷帐。“双照”，指月光照着诗人和妻子，与“独看”对应，表示对未来团聚的期望。诗以结尾为难，既要收得住，又要宕开去，给人以遐思。此诗结句可谓深得其中三昧。

评解

这首诗以《月夜》为题，抒写夫妻怀念的至情，反映了乱离时代的相思之苦。全诗语浅情深，曲折含蓄，章法紧密，而不失流畅清丽，丝毫不见为律诗束缚的痕迹。五律至此，无愧诗圣矣！

相思的情感是抽象的，因而多缘景物而发，或睹物思人，或触景生情。望月怀人，自古皆然，但以此法写相思，用多了往往有失僵滞。一代诗圣，落笔见奇，因情造象，不写自己望月怀妻，而将相思之情幻化为生动具体的生活图景，设想妻子望月怀念自己，又以儿女未解母亲忆长安之意，衬出妻子的孤独凄然，进而盼望聚首相倚，双照团圆。这类景象，都是诗人意中之景。其写法之妙，正如清代浦起龙《读杜心解》所说：“心已神驰到彼，诗从对面飞来。悲婉微至，精丽绝伦。又妙在无一字不从月色照出也。”

春望

国破山河在，城春草木深。
感时花溅泪，恨别鸟惊心。
烽火连三月，家书抵万金。
白头搔更短，浑欲不胜簪。

【题解】

这是一首五言律诗，作于至德二载（757）。诗人当时为安史叛军所俘，身陷长安。

杜甫眼见山河依旧而国破家亡，春回大地却满城荒凉，在此身历逆境、思家情切之际，不禁触景生情，发出深重的忧伤和感慨。

春望 诗意图　陈惠冠 绘

句解

国破山河在，城春草木深

长安沦陷，国家破碎，只有山河依然存在；春天来了，长安城空人稀，草木茂密深沉。首联从大处着眼，为悲壮之笔。一个“破”字，使人怵目惊心，一个“深”字，令人满目凄然。自然规律不会因时势的变化而改易，眼前人事和永恒时空的对比，使诗人更强烈地感觉着内心的荒凉寂寞，以至于所见只剩下山河草木，一片空廓。司马光《温公续诗话》说：“‘山河在’，明无余物矣；‘草木深’，明无人矣。”此联明为写景，实为抒情，寄情于物，托感于景。明代胡震亨《唐音癸签》称赞这一联：“对偶未尝不精，而纵横变幻，尽越陈规，浓淡浅深，动夺天巧，百代而下，当无复继。”

感时花溅泪，恨别鸟惊心

感伤国事，面对繁花，不禁涕泪四溅，亲人离散，鸟鸣惊心，反觉增加离恨。颔联从小处落笔，情因景生，景随情移，其含义有两种解说：一说这是对比写法，诗人为国家残破和亲人离别而伤愁，所以看见繁花烂漫，反而痛苦流泪，听到鸟鸣也感到心惊。另一说是以花鸟拟人，因感时伤乱，花也流泪，鸟也惊心。二说皆可通，都是为了表明诗人感时之深，恨别之切，其比喻之妙，实为少见，司马光《温公续诗话》评曰：“贵于意在言外，使人思而得之。”

烽火连三月，家书抵万金

连绵的战火已经延续了半年多，家讯难得，一信抵得上万两黄金。颈联上句写战事长久，下句写音讯隔绝。虽是说自己，但准确概括了战乱之中亲人盼望平安消息的共同心理，道出了人之常情，因而后来成为表达人们在乱离中盼望家信的常用语。郁达夫《奉赠》诗之五：“一纸家书抵万金，少陵此语感人深。”“连三月”，从天宝十四载（755）十一月安史乱起到《春望》写作时，正好过了两个三月，所以说是“连三月”。

白头搔更短，浑欲不胜簪

愁绪缠绕，搔头思考，白发越搔越短，头发脱落，既短又少，简直不能插簪。前一联写了忧国忧家之愁，这一联写愁之深切，情境悲苦。“白头”因愁而生。“搔”，即抓挠，表示心绪烦乱。“更短”，言愁的程度越来越深。在国破家亡，离乱伤痛之外，又叹息衰老，更增添一层悲愁。明末王嗣奭《杜臆》说：“落句方思济世，而自伤其老。”“浑欲”，简直要。“簪”，古人用来绾定发髻或冠的长针，后来专指妇女绾髻的首饰。

评解

这是一首意蕴沉深的抒写家国之恨的名作。其意脉贯通而不平直，情景兼备而不游离，感情强烈而不浅露，内容丰富而不芜杂，格律严谨而不板滞。全诗不过四十字，但读来耐人寻味。

诗的前两联写春城败象，饱含感叹，后两联写心念亲人境况，充溢离情。前两联以“望”字统摄，诗人俯瞻仰视，视线由近而远，又由远而近；视野从城到山河，再由满城到花鸟。感情则由隐而显，由弱而强，步步推进。在景与情的变化中，仿佛可见诗人由翘首望景，逐步地转入低头沉思，并自然地过渡到后半部分——思念亲人。

其中的颈联，因为道出了当时和后人在同类境遇中的共同感受，遂成为千古传诵的名句。

哀江头

少陵野老吞声哭，春日潜行曲江曲。
江头宫殿锁千门，细柳新蒲为谁绿？
忆昔霓旌下南苑，苑中万物生颜色。
昭阳殿里第一人，同辇随君侍君侧。
辇前才人带弓箭，白马嚼啮黄金勒。
翻身向天仰射云，一箭正坠双飞翼。
明眸皓齿今何在？血污游魂归不得。
清渭东流剑阁深，去住彼此无消息。
人生有情泪沾臆，江水江花岂终极？
黄昏胡骑尘满城，欲往城南忘南北。

【题解】

这首七言乐府诗是至德二载（757）春天，杜甫陷于叛军占领的长安时所作。当时杜甫还可以在城中行走，于是来到昔日繁华的曲江池边，抚今追昔，触物伤怀。借唐玄宗和杨贵妃生离死别、命运的剧变，感叹李唐王朝的盛衰巨变，充满了国破家亡的巨大悲痛。

哀江头 诗意图　程锡瀛 绘

句解

少陵野老吞声哭，春日潜行曲江曲

少陵老人忍气吞声地抽泣不停，春日里偷偷地到曲江深处漫行。开篇两句交代人物、时间、地点，呈现出一种萧条的气氛。“少陵”，在今陕西省长安县，杜陵（汉宣帝的葬所）东南十余里，是汉宣帝许皇后的葬地。因规模比宣帝的杜陵小，故名。杜甫祖籍杜陵，他自己也在这一带住过，所以常自称“杜陵布衣”、“杜陵野老”、“少陵野老”。“曲江曲”，曲江边冷僻的角落。曲江原是长安有名的游览胜地，但如今长安已沦陷，往日的繁华梦一样过去了。诗人只能在冷僻无人的角落里偷偷而行，想哭又不敢大放悲声，这是何等的不幸！虽是短短两句，却含蕴无穷，诗人忧思惶恐、压抑沉痛的情状如在眼前。

江头宫殿锁千门，细柳新蒲为谁绿

曲江边的宫殿千门紧锁，岸上是依依袅袅的柳丝，水中是抽芽返青的新蒲，他们都为谁而绿？

这两句写诗人曲江所见，蕴含着今昔对比的感触。“江头宫殿”，明末王嗣奭《杜臆》云：“曲江，帝妃游幸之所，故有宫殿。”后来毁坏了。“千门”，极言宫殿之多，说明昔日的繁华。而着一“锁”字，便把昔日的繁华与今日的萧条冷落并摆在一起。“细柳新蒲”，景物是很美的。“为谁绿”三字陡然一转，以乐景反衬哀恸，一是说江山换了主人，二是说没有游人，可谓无限伤心，无限凄凉。

忆昔霓旌下南苑，苑中万物生颜色

想当年皇帝的旌旗仪仗浩浩荡荡，来到芙蓉苑。苑中真是风光无限，万物生辉。

以下回忆安史之乱以前春到曲江的繁华景象。这两句先总写。“霓旌”，皇帝仪仗中一种旌旗，缀有五色羽毛，望之如虹霓。“南苑”，即芙蓉苑，在曲江东南，故名。

昭阳殿里第一人，同辇随君侍君侧。辇前才人带弓箭，白马嚼啮黄金勒。翻身向天仰射云，一箭正坠双飞翼

昭阳殿里最受宠爱的人，与皇上同车出入陪伴在皇帝左右。御车前矫捷的女官，人人背带弓箭，白马嘴里衔嚼全部是黄金做成。有个女官翻身向天上仰射一箭，一箭就射中了一对比翼齐飞的鸟。

这六句具体描写唐明皇与杨贵妃游苑的情景。在这赫赫排场中，诗人只选取了辇前才人射猎一事作细节描绘，原是比翼双飞的鸟如今由天坠地，这种意象的暗示性，不难令人想到玄宗、贵妃后来的命运。“昭阳殿”，汉成帝时宫殿，据说是汉成帝皇后赵飞燕姊妹所居，这里指玄宗后宫。唐人诗中多以赵飞燕喻杨贵妃。“第一人”，指最受宠爱的杨贵妃。“才人”，宫中女官名。“勒”，马衔的嚼口。

明眸皓齿今何在？血污游魂归不得

眼睛明亮、牙齿洁白、美貌异常的杨贵妃而今在何处？可怜她成了满脸污血的游魂，只有在旷野荒草间飘荡，欲归不得了。诗人笔锋一转，运用鲜明而又巧妙的对照，感叹唐玄宗和杨贵妃的悲剧，指出他们佚乐无度与大祸临头的因果关系。“血污游魂”，指杨贵妃被缢死。《旧唐书·杨贵妃传》载，天宝十五载六月，潼关失守，叛军逼近长安，唐玄宗携杨贵妃等人西逃，至马嵬驿，护驾的禁军大将陈玄礼密启太子，诛杀杨国忠父子，但是四军仍然不散，唐玄宗遣高力士宣问，众人回答说：“贼本尚在”，意思是杨贵妃也得杀。高力士复奏，唐玄宗不得已，只得与杨贵妃诀别，于是将杨贵妃缢死于佛堂，时年三十八。

清渭东流剑阁深，去住彼此无消息

清清渭水不停地向东流去，而入蜀道中的剑阁是那么深邃；贵妃和玄宗一去一留，生者死者彼此永无消息。和前面写二人游春相比，这里又是陡然一落。马嵬南滨渭水，是杨贵妃死处；剑阁在今四川剑阁县东北大剑山、小剑山之间，是玄宗入蜀所经。这里是说二人生死殊途。“去住”，意即一死一生。

人生有情泪沾臆，江水江花岂终极

人生有情，想到世事变化，有谁不泪落沾襟？江水流呵江花飘，年年依旧，岂有终境？诗人看到曲江一带，由于安史之乱，景物凄惨荒凉，大非昔比，因而忧时愤世，感叹江河日下，国势难复。大自然是无情的，它不随人世的变化而变化，花自开谢水自流，永无尽期。这是以无情反衬有情，更见情深。“臆”，胸膛。“终极”，穷尽。

黄昏胡骑尘满城，欲往城南忘南北

黄昏时，胡骑往来践踏，尘埃满天，想往南逃却往北，方向无法辨清！前一句写叛军横行，人心惶恐，使开头的“吞声哭”、“潜行”有了着落。末句“忘南北”又作“望城北”。一层是表面上的：慌乱之中，诗人心意迷茫，认错了方向，想去城南，谁知却向城北走去，心烦意乱竟到了不辨南北的程度；还有一层意思，是诗人于无望之中对官军怀着渺茫的希望，他家住城南，然心里盼的、眼里望的却是肃宗的灵武之师。一对矛盾，也写尽了他目前这种被困长安，不得自由的无可奈何的境地，和对国君朝廷的刻骨思念。胡骑，指安禄山军（多胡人）。

评解

全诗以“哀”字为题，也以“哀”字为核心，笼罩全篇。篇首第一句就创造出强烈的哀氛，接着，写春日潜行曲江是哀；睹物伤怀，忆昔日此地的繁华，而今却萧条零落，还是哀；进而追忆贵妃生前游幸曲江的盛事，更是以昔日之乐，反衬今日之哀；再转入叙述贵妃归天，玄宗逃蜀，生离死别的悲惨情景，哀之极矣。最后，不辨南北，也暗示着那是极度哀伤的表现。全诗的这种“哀”情，是复杂的，深沉的。全诗是对国破家亡的深切巨恸，是李唐从盛世走向衰微的挽歌。

诗的结构跌宕波折，正如宋人魏庆之《诗人玉屑》中所说：“其词气如百金战马，注坡蓦涧，如履平地，得诗人之遗法。”视角由眼前到回忆，由回忆到现实的不断转换，给人造成一种纡曲有致，波澜起伏的感觉，读之令人感到凄切哀惘，肝肠寸断。

曲江二首（其一）

一片花飞减却春，
风飘万点正愁人。
且看欲尽花经眼，
莫厌伤多酒入唇。
江上小堂巢翡翠，
苑边高冢卧麒麟。
细推物理须行乐，
何用浮名绊此身！

【题 解】

这首诗作于乾元元年（758）暮春。当时，唐军已经收复长安，唐肃宗与朝中文武也已回到京城，安史之乱正在渐渐平息，但这场浩劫给曲江带来的伤害仍然历历在目。杜甫回到长安，仍任左拾遗。可是正值宦官李辅国擅权，杜甫虽为谏官，却被视为异己，受到排斥，因而心情极为烦闷，于是便借此诗伤春感时，慨叹春光易逝，人事无常，不必为荣辱穷达所累。

曲江二首（其一） 诗意图　甘雨辰 绘

杜诗写曲江和提到曲江的有十五首之多。如果说杜甫在安史之乱前写作的曲江诗，是为自身和国家未来的命运而担忧的话，那么乱后的作品则更多的是在为逝去的青春年华而叹息，为一个王朝的衰落而哭泣。《曲江二首》就是其中的代表。

曲江，又名曲江池，故址在今陕西西安城南五六公里处的曲江村。早在秦汉时，这里即是上林苑中的宜春苑、宜春宫，因有曲折多姿的水域，故名曲江。唐玄宗开元年间大加整修，池水澄明，花卉环列，宫苑点缀，成为旖旎迷人的半封闭园林，上自帝王，下至士庶，纷纷到这里游乐休憩。然而，安史之乱后，唐王朝元气大伤，曲江景观也损毁严重。

通过曲江的萧条，杜甫自然会想起唐王朝的沧桑变化；通过对曲江往日秀美风景的回忆，他也会联想到唐王朝昔日的辉煌繁华，同时也引发对自己人生际遇的思考。因此，曲江这个意象，实际上融入了诗人对国家兴衰的感慨，凝结了诗人对自身命运的反思，由外在的自然景观，变成了内在的心灵需求，成为了一个既会勾起无尽愁绪又能给予暂时慰藉的地理符号。

句解

一片花飞减却春，风飘万点正愁人

在诗人眼里，春光似乎是万点花片组成，所以每落下一片花瓣，都要减掉一层春色。如今，落花纷纷，万点飘零，更使人烦恼愁闷。通过花的减少，诗人似乎将不可计数的春光实物化了。开篇语奇而意远，好像很突兀，但是因为通篇的主旨就是惜春，所以起处正应如此。历尽漫长的严冬，好容易盼到春暖花开，自是十分珍惜。然而“一片花飞”，已透露了春天消逝的消息；而“风飘万点”，正是残春景象，诗人如何不满腹怨愁！

且看欲尽花经眼，莫厌伤多酒入唇

眼看着花儿在一片一片飘落，枝上的残花即将告尽。春天即将过去，心情怎能好。于是，以酒浇愁，也不嫌酒多伤身，仍要情不自禁地继续喝。颔联句法，新奇绝妙，诗意在每一句的前五字其实已道出，而耐人寻味的亮点，却恰恰在貌似无意的末二字。前二联之中，三次写到花，而意不重复。第一句写初飞，第二句写乱飞，第三句写飞将尽。一片花飞，春残之始；风飘万点，春残欲尽。自初飞，以至欲尽，无不经眼，面对这个过程，诗人的愁绪也逐步升级，故借酒以销愁。“经眼”，眼看着。“伤多酒”，过量饮酒有伤身体。

江上小堂巢翡翠，苑边高冢卧麒麟

曲江上原来住人的小堂，如今翡翠鸟竟在里边筑了巢，旁若无人地生活其间。远处苑边高大雄伟的陵墓前，石雕麒麟墓饰倒卧在地上，无人理睬。颈联以景物写人事，寄寓感慨之意。经过安史之乱，曲江昔日的盛况，一去难返，而呈现出荒凉、寂寞的景象。“小堂巢翡翠”，言其经过离乱，寂寞无主。“高冢卧麒麟”，可见人生之短暂、死亡之冷酷。

细推物理须行乐，何用浮名绊此身

我仔细推敲宇宙万物的道理，应当及时行乐，何必让那虚浮的声名绊住此身，不得自由呢？触景伤情，自然引发出诗人无限的感慨。万物兴废本是自然之理，帝王宫苑也不免变成高冢荒坟，又哪来永久的功名富贵？既如此，又何必为浮名所束，还是享受人生的快乐吧！“物理”，宇宙万物的道理。

评解

在唐代文人眼里，曲江具有独特的文化意蕴，它是人们心中强盛帝国应有的形象。而今，经历战乱的昔日胜地，变成了“风飘万点”的愁人之景。江上堂空无主，苑边冢废不修。此时的曲江，哪里还有一点昔日的迷人风韵！面对此情此景，诗人自然感慨万千。

这首七言律诗前两联写曲江景事，后两联写曲江感怀，起承转合十分自然。明代陆时雍《唐诗镜》说：“律法严整，老杜却颠倒纵横，复体格森然，更得自在，所以为难。首四语情法俱胜，既怕看花飞，又欲看飞花之尽，伤春惜春，流连无已。尝见志士悲秋，子美却伤春，千古有心人，每自耿耿。”

佳人

绝代有佳人，幽居在空谷。
自云良家子，零落依草木。
关中昔丧败，兄弟遭杀戮。
官高何足论？不得收骨肉。
世情恶衰歇，万事随转烛。
夫婿轻薄儿，新人美如玉。
合昏尚知时，鸳鸯不独宿。
但见新人笑，那闻旧人哭？
在山泉水清，出山泉水浊。
侍婢卖珠回，牵萝补茅屋。
摘花不插发，采柏动盈掬。
天寒翠袖薄，日暮倚修竹。

佳人 诗意图 陈谋 绘

【题 解】

肃宗乾元元年（758）六月，杜甫由左拾遗降为华州司功参军。第二年七月，他毅然弃官，拖家带口，客居秦州，在那里负薪采橡栗，自给度日。《佳人》就写于这一年的秋季。诗中写一个乱世佳人被丈夫遗弃，幽居空谷，艰难度日。关于这首诗的作意，一向有争论。有人认为全是寄托，有人则认为是写实，但大部分人的意见折衷于二者之间。

杜甫身逢安史之乱，身陷贼手而不忘君国；对大唐朝廷，竭尽忠诚，竟落得降职弃官，漂泊流离。但他在关山难越、生计困窘的情况下，也始终不忘国忧。这样的不平遭际，这样的精神气节，可嘉可叹，与这首诗的女主人公很有些相像。所以，作者借他人之酒以浇胸中块垒，在她的身上寄寓了自己的身世之感。杜甫的《佳人》应该看作是一篇客观反映与主观寄托相结合的诗作。

句解

绝代有佳人，幽居在空谷。自云良家子，零落依草木

有一位盖世无双的绝代佳人，幽居在空寂的山谷。她说自己本是世宦人家的女儿，如今却沦落山野，与草木相依。开头两句点题。上句言其貌之美，下句言其品之高。又以幽居的环境，衬出佳人的孤寂，点出佳人命运之悲，处境之苦，隐含着诗人“同是天涯沦落人”的慨叹。“绝代”，冠绝当代。

关中昔丧败，兄弟遭杀戮。官高何足论？不得收骨肉

以上是第三人称的描状，笔调含蓄蕴藉；以下转为第一人称的倾诉，语气率直酣畅。当年安史之乱，长安沦陷，兄弟们惨遭杀戮。官位高又有什么用呢？他们死后连尸骨都不得收敛。“关中”，指函谷关以西地区，这里指长安。天宝十五载（756）六月，安史叛军攻陷长安。“官高”应上文之“良家子”，强调绝代佳人出自贵人之家。

世情恶衰歇，万事随转烛。夫婿轻薄儿，新人美如玉

世态人情总是厌恶衰落，万事都如风中的烛火飘忽不定。娘家中落之后，轻薄的夫婿也看不起我了，新娶了一个美貌如玉的妇人。这四句托物兴感，刻画世态炎凉，人情冷暖。宋代的刘辰翁评论说：“闲言余语，无不可感。”“转烛”，以风中的烛光，飘摇不定，比喻世事转变、光景流逝的迅速。

合昏尚知时，鸳鸯不独宿。但见新人笑，那闻旧人哭

夜合花还知道朝开夜合，鸳鸯也都是同飞共宿。那负心的人，他只看得见新人的高兴欢笑，哪听得见旧人的悲痛啼哭？诗人以形象的比喻，写负心人的无义绝情，被抛弃的人伤心痛苦。在倾诉个人不幸、慨叹世情冷漠的言辞中，充溢着悲愤不平。一“新”一“旧”、一“笑”一“哭”，强烈对照，被遗弃女子声泪俱下的痛苦之状，如在目前。“合昏”，即合欢，一名夜合，其花朝开夜合，故云“知时”。“鸳鸯”，鸟名，多雌雄成对，生活在水边。

在山泉水清，出山泉水浊。侍婢卖珠回，牵萝补茅屋

泉水在山间时是清的，出山以后就浑浊了。唉，世人该如何看待被遗弃的我？为买口粮，丫环替我变卖了首饰回来了，草棚漏雨，我和她一起牵引藤萝，修补茅屋。这几句似悲似诉，自言自誓，有矜持慷慨、修洁端丽之意。同时，可见佳人居家环境的简陋清幽，生活的清贫困窘。浦起龙评论说：“这二句，可谓贞士之心，化人之舌，建安而下无此语也。”它出自《诗经·小雅·谷风之什·四月》：“相彼泉水，载清载浊。”但在本诗中，有多种解释，都有一定的道理。或以新人旧人为清浊，或以前华后憔为清浊，或以在家弃外为清浊，或以守贞为清、改节为浊。还有人认为：佳人以泉水自喻，以山喻夫婿之家，意思是妇人为夫所爱，世人便认为她是清的；为夫所弃，世人便认为她是浊的。另一种解释是佳人怨其夫之辞。人之同处空谷幽寂之地，就像泉水之在山，无所挠其清。佳人之夫出山，乃随物流荡，遂为山下之浊泉。而她则宁肯受饥寒，也不愿再嫁，成为那浊泉。这就像晋孙绰《三日兰亭诗序》所说的那样：“古人以水喻性，有旨哉斯谈！非以停之则清，混之则浊邪？情因所习而迁移，物触所遇而兴感。”

摘花不插发，采柏动盈掬。天寒翠袖薄，日暮倚修竹

我信手摘了一枝花，却没心思插上鬓发；只是常常把那柏枝拣个满把。天冷了，太阳落了，只见佳人穿着单薄的翠衫，静静地倚着那修长的竹子。

末两句以写景作结，画出佳人的孤高和绝世而立，画外有意，象外有情。在体态美中，透露着意态美。这种美，不只是一种女性美，也是古代士大夫追求的一种理想美。诗句暗示读者，这位时乖命蹇的女子，就像那经寒不凋的翠柏、挺拔劲节的绿竹，有着高洁的情操。诗的最后两句，为后人激赏，妙在对美人容貌不着一字形容，仅凭“翠袖”“修竹”这一对色泽清新而寓有兴寄的意象，与天寒日暮的山中环境相融合，便传神地画出佳人不胜清寒、孤寂无依的幽姿

高致。“动”，每每。“掬”，把，两手捧取。

评解

以弃妇为题材的古典诗文不乏佳作。如《诗经·卫风》中的《氓》、汉乐府里的《上山采蘼芜》等，而司马相如的《长门赋》写被废弃的陈皇后，其中“夫何一佳人兮，步逍遥以自娱”两句，正是杜甫这首《佳人》诗题的来源。

杜甫很少写专咏美人的诗歌，《佳人》却以其格调之高而成为咏美人的名篇。山中清泉见其品质之清，侍婢卖珠见其生计之贫，牵萝补屋见其隐居之志，摘花不戴见其朴素无华，采柏盈掬见其情操贞洁，日暮倚竹见其清高寂寞。诗人以纯客观叙述方法，兼采夹叙夹议和形象比喻等手法，描述了一个在战乱时期被遗弃的上层社会妇女所遭的不幸，并在逆境中揭示她的高尚情操，从而使这个人物形象更加丰满。

石壕吏

暮投石壕村，有吏夜捉人。
老翁逾墙走，老妇出门看。
吏呼一何怒，妇啼一何苦。
听妇前致词，三男邺城戍。
一男附书至，二男新战死。
存者且偷生，死者长已矣。
室中更无人，惟有乳下孙。
有孙母未去，出入无完裙。
老妪力虽衰，请从吏夜归。
急应河阳役，犹得备晨炊。
夜久语声绝，如闻泣幽咽。
天明登前途，独与老翁别。

石壕吏 诗意图　朱理存 绘

【题 解】

这是杜甫著名的新题乐府组诗“三吏”之一。唐肃宗乾元二年（759）春，已经四十八岁的杜甫，由左拾遗贬为华州司功参军。他离开洛阳，历经新安、潼关、石壕，夜宿晓行，风尘仆仆，赶往华州任所。所经之处，哀鸿遍野，民不聊生，这引起诗人感情上的强烈震动。

当时唐王朝集中郭子仪等九节度使步骑二十万，号称六十万，将安庆绪围在邺城。由于战争吃紧，唐王朝为补充兵力，到处征兵。这时，杜甫正由新安县继续西行，投宿石壕村，遇到吏卒深夜捉人，于是就其所见所闻，写成这篇不朽的诗作。诗中刻画了官吏的横暴，反映了安史之乱给人民带来的深重灾难和自己痛苦的心情。

句解

暮投石壕村，有吏夜捉人。老翁逾墙走，老妇出门看

傍晚时分我投宿于石壕村，夜里听到差吏前来抓人。老翁闻声翻墙逃走，老妇慢移脚步去应门。诗开篇两句起势不凡，清代浦起龙在《读杜心解》中说有“猛虎攫人之势”。一个“暮”字，犹如泼墨，给全诗抹上了一层昏暗的色彩。然后单刀直入地将事件的时间、地点、人物、起因等相关因素交代清楚，勾勒出兵荒马乱的社会环境。一个“夜”字，含意丰富，表明人民长期以来深受抓丁之苦，昼夜不安；即使到了深夜，仍然寝不安席，一听到门外有响动，就知道差吏又来抓人，老翁立刻翻墙逃走，由老妇开门周旋。唐代的法律规定：“男女始生为黄，四岁为小，十六为中，二十一为丁，六十为老。”（《旧唐书食货志》）老翁早已超过服兵役的年龄，但仍然要被“抓丁”，由此可见世道的混乱及横征暴敛的祸害。“石壕”，在河南陕州城东。

吏呼一何怒，妇啼一何苦。听妇前致词，三男邺城戍

差吏狂呼暴跳多么凶横，老妇哭哭啼啼多么凄苦。只听老妇上前对差吏说道：我的三个儿子都已当兵去打邺城了。一“呼”，一“啼”，一“怒”，一“苦”，把矛盾的尖锐性揭示出来，表现了差吏如狼似虎的狰狞，以及老妇悲苦痛哭的凄惨。“一何”重复运用，把诗人的爱憎感情寓于叙事之中。明代陆时雍《唐诗镜》说：“其事何长，其言何简。‘吏呼一何怒，妇啼一何苦’二语，便当数十

言写矣。文章家所云要会以去形而得情，去情而得神故也。”

“邺城”，今河南安阳市。“戍”，非“守卫”意，因当时叛军守卫邺城。“致词”以下十三句，并非老妇一连说出。依韵脚变化分为三层，每一层诉说，都针对着差吏的一次逼问。作者使用以答代问、夹带问答来叙事的手法，略去了至少三次的差吏的问话。

一男附书至，二男新战死。存者且偷生，死者长已矣

一个儿子托人捎来信，另外两个儿子最近阵亡了。活着的这个不过是苟且偷生，死了的也就永远地长眠了。这两句是老妇的血泪之诉，反映了民不聊生的真实情况。

室中更无人，惟有乳下孙。有孙母未去，出入无完裙

家里再无可去当兵的人时，只有个吃奶的小孙孙。因为要奶孩子，她的母亲还在家。可怜她衣服破破烂烂，怎么见人呀！“更无人”与母、孙的存在，在逻辑上发生矛盾。许多注家已注意到这一点，因此在解释时想法补救疏通。或谓“更无人”是指家里再没有一个男人了，有人说是老妇掩饰之词被戳穿，但最好释为再无可去当兵的人。这几句略去了一些细节，当差吏逼问老妇时，躲在屋内的婴儿受惊吓哭起来了。差吏抓住把柄，进一步逼迫交出人来，于是有此后面两句。

老妪力虽衰，请从吏夜归。急应河阳役，犹得备晨炊

虽然老妇我年老无力，也让我连夜跟了你们去，赶快到河阳去服役，也许还能为部队置备早饭。三个儿子都被征兵，两个已战死，这样的不幸足已令人悲愤不平，却还是不能博得差吏的同情。老妇生怕儿媳被抓，饿死孙子，只好挺身而出。捉人拉夫竟拉到了一位抱孙的老太太，时世可想而知。“河阳”，今河南孟县西，时郭子仪守河阳。

夜久语声绝，如闻泣幽咽。天明登前途，独与老翁别

夜深人静，语声断绝，依稀听到低声哽咽。天亮后我要赶前面的路，只与老翁一人告别。老妇被抓走的结局不言自明。从这里可以看出，杜甫非常善于捕捉富于表现力的细节。一个“久”字，不仅说出这件事折腾了很久，也表露出诗人的心情久久不能平静。一个“如”字，化实为虚，这是老妇家人悲伤泣下，也是诗人心酸、悲哀、无奈、同情、激愤的反映。一个“独”字，既呼应前文，交代了“吏捉人”的结果，又表明了老翁的凄惨处境。

评解

清代仇兆鳌在《杜诗详注》中说："古者有兄弟，始遣一人从军，今驱尽壮丁，及于老弱。诗云三男戍，二男死，孙方乳，媳无裙，翁逾墙，妇夜往。一家之中，父子兄弟、祖孙姑媳，惨酷至此，民不聊生极矣！当时唐祚亦岌岌乎哉！"

这首五言古诗篇幅不长，一共二十四句，一百二十字，而内容十分丰富。它以"耳闻"为线索，按时间的顺序，由暮至夜，再到夜久，最后到天明，一步步深入；从投宿叙起，以告别结束；从差吏夜间捉人，到老妇随往；从老翁逾墙逃走，到事后潜归；从诗人日暮投宿，到天明登程告别，整个故事有开始、发展、高潮、结局，情节完整，并颇为紧张。诗的首尾是叙事，中间用对话，活动着的人物有五六个之多。诗人巧妙地借老妇的口，诉说了她一家的悲惨遭遇。诗人的叙述、老妇的说白，处处呼应，环环紧扣，层次十分清楚。

诗人虚实交映，藏问于答，不写差吏的追问，而只写老妇的哭诉。从哭诉中写出潜台词、画外音，将差吏的形象融入老妇的"前致词"中，有一种言有尽而意无穷的境界。诗人写老妇的哭诉，语言朴实无华，一个典故也不用，很切合老妇的口吻，且随着内容的多次转韵，形成忧愤深广、波澜老成、一唱三叹、高低抑扬的韵致，使沉郁顿挫达到极致。

全诗述情陈事，除"吏呼一何怒"二句微微透露了他的爱憎之外，都是对客观事物的描述。在这里，诗人通过新颖而巧妙的艺术构思，将丰富的内容和自己的感情融化在具体的形象里，浇注于客观的叙述中，让事物本身直接感染读者，让故事本身去显露诗人的爱憎。这种以实写虚，以虚补实，虚实相映的艺术手法，使全诗显得简洁洗练，而又蕴涵丰富。

新婚别

兔丝附蓬麻，引蔓故不长。
嫁女与征夫，不如弃路旁。
结发为君妻，席不暖君床。
暮婚晨告别，无乃太匆忙？
君行虽不远，守边赴河阳。
妾身未分明，何以拜姑嫜？
父母养我时，日夜令我藏。
生女有所归，鸡狗亦得将。
君今往死地，沈痛迫中肠。
誓欲随君去，形势反苍黄。
勿为新婚念，努力事戎行。
妇人在军中，兵气恐不扬。
自嗟贫家女，久致罗襦裳。
罗襦不复施，对君洗红妆。
仰视百鸟飞，大小必双翔。
人事多错迕，与君永相望。

新婚别 诗意图 范曾 绘

【题解】

这是杜甫著名的新题乐府组诗“三别”之一，作于唐肃宗乾元二年（759）。诗中描写了一对新婚夫妻的离别，塑造了一个深明大义的少妇形象。头天结婚，第二天新郎就去当兵，这完全违背当时新婚者不服兵役的常理和习俗。一想到丈夫就要到九死一生的战场上去，新娘悲痛得心如刀割。但她同样认识到，丈夫的生死、爱情的存亡，与国家民族命运，是不可分割地连结在一起的，要实现幸福的爱情理想，必须作出牺牲。于是，她强抑悲怨痛楚，在离情别绪中，平静而深情地鼓励丈夫，同时炽热坚定地表达至死不渝的爱情誓言。这首诗写出了当时人民面对战争的态度和复杂的心理，对正常人生和亲情的留恋，以及他们为国家承担责任的勇气。

句解

兔丝附蓬麻，引蔓故不长。嫁女与征夫，不如弃路旁

兔丝附在又短又矮的蓬麻身上，它的蔓儿自然不会很长。把女儿嫁给出征打仗的人，还不如把她扔在路旁！“兔丝”，一种蔓生植物，多缠附在别的植物上生长，古人用以比喻女子之依附男子。这里是新娘用以自比。“蓬麻”，两种低矮植物，用以比征夫。

开篇以“兔丝附蓬麻”这一自然现象，比喻婚后女子依附丈夫的不可分割的关系，比中有兴，贴切巧妙，恰到好处。不仅准确地把握了结婚仅一天的新嫁娘的特定身份、语气口吻、感情色彩及心理动态，也符合诗歌进程的需要。比兴意义并不局限于表示夫妇的依存关系，而是更形象深刻地表达了新娘对新郎那种依依不舍、缠绵悱恻的情意。这样婉转入笔，比开门见山效果更佳，而且从新妇的角度叙述，不宜直截了当。丈夫应征入伍，吉凶难卜；自己依托无着，生活前景难料。一想到此，她又怎能不痛断肝肠，无奈悲伤？

结发为君妻，席不暖君床。暮婚晨告别，无乃太匆忙

自从结发作了你的妻子，到现在还没坐暖你的床。昨晚成婚，今晨你就告别，这岂不是过于匆忙？这里语气由重加急，以通俗而富有个性化的语言，描画出一位爱怨交织、感情细腻的新嫁娘形象。“结发”，古时婚礼，成婚之夕，男左女右共髻束发，因以指成婚。

君行虽不远，守边赴河阳。妾身未分明，何以拜姑嫜

你此行虽说不甚遥远，但奔赴河阳也是去守卫边防。我的身分尚未明确，叫我如何去拜见公公和婆婆？前两句的弦外之音是，守边守到了河阳，边境竟在自己的家门口。昔日强大的唐帝国穷兵黩武去开边，现在战火都打到王朝统治的中心地带，这是何等辛辣的讽刺！后两句是感叹嫁与征夫为妻的痛苦。新婚竟成生离死别，本是痛不欲生，但一想到自己还是刚过门的新娘子，所以态度不免矜持，语带羞涩，备极吞吐，这是完全符合人物的特定身分和精神面貌的。“河阳”，今河南孟县西。当时为郭子仪的驻防地。“姑嫜”，即公公和婆婆，丈夫的父母。古代儿媳妇称婆婆为姑，称公公为章，“章”即“嫜”。古时礼制，女子出嫁三天，要告庙上坟，才算成婚，人妻的身分才确定。

父母养我时，日夜令我藏。生女有所归，鸡狗亦得将

回想父母抚养我的时候，日夜都叫我深居闺房。女儿一旦嫁了出去，无论丈夫是鸡是狗也得把他跟上。这几句娓娓道来，字字凄惋，所谓发乎情也；细细追忆，深深感人，终能止乎礼义。后两句所采用的俗语，增加了诗的真实性和亲切感。“藏”，意谓不轻易见人。“归”，指女子出嫁。“将”，跟随。“鸡狗亦得将”，就是俗语所说的“嫁鸡随鸡，嫁狗随狗”。

君今往死地，沈痛迫中肠。誓欲随君去，形势反苍黄

你如今前往九死一生的战场，怎不让人痛断心肠！我本来决心要随你前去，又怕落个事与愿违的下场。这一席话语，如泣如诉，慷慨悲凉，哀婉真挚，充分表现了这位新婚女子为公忘私，识大体，送郎参军，奔赴国难的爱国情操。元代刘埙《隐居通议》说，以下八句“沈郁顿挫，哀而不伤，发乎情止乎礼义之言也。”“苍黄”，本指青色和黄色。《墨子·所染》：“见染丝者而叹曰：染于苍则苍，染于黄则黄。”后因以“苍黄”比喻极大的变化或事与愿违。

勿为新婚念，努力事戎行。妇人在军中，兵气恐不扬

请你不要以新婚为念，努力去当兵打仗。有女人在军队中，士气怕要受到影响。前两句是新婚妻子对丈夫的劝慰词，一变哀怨沉痛的诉说为积极的鼓励，为使丈夫一心一意英勇杀敌，她表示了自己深明大义、生死不渝的坚贞爱情。这是诗人通过新娘之口发出的爱国号召。后两句是说，她怕触犯军队的忌讳，不能跟随前去。据《汉书·李陵传》，李陵曾与单于作战，说：“吾士气少衰，而鼓不起者，何也？军中岂有女子乎？陵搜得，皆剑斩之。”

自嗟贫家女，久致罗襦裳。罗襦不复施，对君洗红妆

可叹自己是贫家女儿，积攒许久才得到这身嫁衣裳。这漂亮的衣裳今后不能再穿，当着你的面洗掉红妆。由劝夫转为自劝，由慰夫转为自誓，庄重沉郁的语气，也随之转为婉曲缠绵，欲断又续，语气抑扬有致。“襦”，短衣。年轻的姑娘，又是新娘，而且还是贫苦人家的女儿，哪能不想穿漂亮的衣裳，然而积攒许久、好不容易才制成的漂亮的衣裳，却偏偏穿不上身，岂不可悲可叹？这可悲可叹却无一语直言，全是通过写实的叙述来体现，诗人真是揣摩入微，写得深刻而又逼真。

仰视百鸟飞，大小必双翔。人事多错迕，与君永相望

仰望天空飞着的百鸟，无论大小都成双飞翔。人间之事却多不如意，但愿我们的情意能地久天长。篇终仍比兴兼用，与开篇相照应。至此，将国事、家事、个人事缩成一个丝丝相扣的同心结。“永相望”三字，扣题目中的“别”字。“错迕”，杂错交迕，即不如意。

评解

《新婚别》的叙事抒情主人公是新娘，倾诉对象为新郎。诗歌所述内容，主要是这对新婚夫妇暮婚晨别时的复杂情愫。清代浦起龙《读杜心解》说：“此诗以比体起，比体结，语出新人口，情绪纷，而语言涩。”情感与心理的发展主线上，只有悲与壮的起伏，所以，诗人的语言运用注重清淳、自然、朴实、雅正，集中体现了儒家温柔敦厚、怨而不怒、哀而不伤的诗教要求。

这一首感人至深的千古佳作，最大的闪光点就是对新娘这一叙事抒情主人公的塑造。一方面，在新娘的身上倾注了作者浪漫主义的理想色彩；另一方面，在具体刻画上，既鲜明地体现了现实主义的精雕细琢的特点，也运用了大胆的艺术虚构：实际上杜甫未必有这样的生活经历，也不可能听到新娘子对新郎说的私房话，况且洞房之夜，即是生离死别之夜，如此巧合，本是现实生活中可能有而不一定有的事。但诗中的这一主人公形象，有血有肉有发展，人物的语言生动而逼真，丝毫不感到勉强和抽象。她通过曲折剧烈的痛苦的内心斗争，最后毅然勉励丈夫从军，表现战争环境中人物思想感情的发展变化，显得非常自然，符合事件和人物性格发展的逻辑。

诗中一连用了七个“君”字：“君妻”、“君床”，见出聚之暂；“君行”、“君往”，见出别之速；“随君”，见出情之切；“对君”，见出意之伤；“与君永相望”，见出志之贞且坚。如此频频呼君，出语沉痛，动人心魄，一声一泪，充满生死离别之感。

在押韵上，《新婚别》和《石壕吏》有所不同。《石壕吏》多次换韵，《新婚别》则一韵到底。这大概与它所采用的人物独白的方式有关，一韵到底，一气呵成，更有利于主人公的诉说，也更便于读者的倾听。

赠卫八处士

人生不相见，动如参与商。
今夕复何夕，共此灯烛光！
少壮能几时？鬓发各已苍！
访旧半为鬼，惊呼热中肠。
焉知二十载，重上君子堂。
昔别君未婚，儿女忽成行。
怡然敬父执，问我来何方。
问答乃未已，儿女罗酒浆。
夜雨剪春韭，新炊间黄粱。
主称会面难，一举累十觞；
十觞亦不醉，感子故意长。
明日隔山岳，世事两茫茫。

赠卫八处士 诗意图　高向阳 绘

【题 解】

唐肃宗乾元元年（758），杜甫因上疏救房琯，被贬为华州司功参军。冬天曾告假回东都洛阳探望旧居陆浑庄。乾元二年（759）三月，九节度之师溃于邺城，杜甫自洛阳经潼关回华州，路过奉先县，访问了居住在乡间的少年时代的友人卫八处士。一夕相会，又匆匆告别。不久，写下这动情之作赠给卫八处士，抒发了人生离多聚少和世事沧桑的感叹。

卫八处士，姓卫，八是他的排行；生平不详。高適有《酬卫八雪中见寄》、《同卫八题陆少府书斋》，不知是否为同一人。处士，隐居不仕的人或没有做官的读书人。

句 解

人生不相见，动如参与商。今夕复何夕，共此灯烛光

人生聚散不定，难得相见，好比此起彼落的参商二星。今晚是什么日子，如此幸运，竟然能与你挑灯共叙衷情？与多年未见面的故人欢聚，往往会生出许多人生的感触，更何况是经过乱离的人们呢？诗人与卫八重逢时，正值安史之乱的第三年，两京虽已收复，但叛军仍很猖獗，局势动荡不安。开篇这两句诗既抒发了强烈的人生感慨，同时也表现出那个动乱年代的实况。“动”，每每。参、商都是星座名，东西相对，距离约一百八十度，一星升起，另一星即西沉，一出一没，永不相见。“共此灯烛光”，一作“共宿此灯光”。

少壮能几时？鬓发各已苍！访旧半为鬼，惊呼热中肠

青春壮年能有几时？不知不觉，你我都已经鬓发苍苍。打听故友，大半早已经入了鬼籍；听到你为此惊呼，胸中热流回荡。久别重逢，最明显的就是对方体态容颜的变化。寒暄、打量之后，再详细询问各自的情况，继而打听故人，回忆旧事。而当得知故人很多已不在世时，彼此的感慨自然又增添了很多，回过头来，怎能不为这劫后重逢倍感欣慰。这四句写战乱年代人们所共有的“别易会难”的感受，揭示出经过一场大的乱离后的社会现实。

焉知二十载，重上君子堂。昔别君未婚，儿女忽成行

真没想到阔别二十年之后，能有机会再次登门拜访。当年握别时你还没有成亲，今日见到你时，儿女已经成行。故友重逢，漫话今昔，尽管世事变化很大，但是记忆还停留二十年前，那时的故人还未成婚，如今却儿女满堂。诗人不胜感慨，真是岁月匆匆，年华老大，世事如梦。这也是常人遇此情景都有的人生感触。“成行”，形容子女众多。

怡然敬父执，问我来何方。问答乃未已，儿女罗酒浆

他们和顺地敬重父亲挚友，热情地问我来自哪个地方？三两句问答话还没有说完，儿女们已经摆出了酒浆。此段用意取自陶潜《桃花源诗序》：“黄发垂髫，并怡然自乐，见渔人乃大惊，问所从来，具答之，便邀还家，设酒杀鸡作食。”《漫斋诗话》评价说，如果别的诗人说到“问我来何方”，下面一定会还有数句的铺陈；而老杜这里接着就说“问答未及已，驱儿罗酒浆”，真有以一捧之土障黄河之流的气象。“怡然”，安适自在，喜悦的样子。“父执”，父亲的朋友。“酒浆”，代指酒肴。

夜雨剪春韭，新炊间黄粱。主称会面难，一举累十觞

雨夜割来的春韭嫩嫩长长，刚烧好的黄粱掺米饭喷喷香。主人说难得有这个机会见面，一举杯就接连喝了十觞。虽然是仓卒间所备的薄宴，却是冒雨剪来的美味春韭，可见主人殷勤待客之意。虽然都是些家常饭菜，却有着热情温馨的家庭氛围。主人连连举杯，客人不辞一醉，为难得的聚首而痛饮，为醇厚的友情而干杯。“间”，掺合，混杂。“黄粱”，黄小米。“觞”，盛酒的杯。

十觞亦不醉，感子故意长。明日隔山岳，世事两茫茫

饮了十几杯我也难得一醉啊，是因为感激老朋友您的情意深长。明朝你我又要分手，如被山岳阻隔一样，人情世事，竟然都如此渺茫！挚友久别，重逢不易；明日又将分离，后会难期，说不出的依依和感伤。前云“人生”，此曰“世事”；前云“如参商”，此曰“隔山岳”，总之，都是为了表达人生聚散不常、别易会难的感慨。其内心沉郁，其感情苍凉，因此尽管诗句平易真切，却有很深的感人魅力。“故意”，故交的情意。

评解

这首诗以白描写实的手法，记述了与少年知交难得的重逢情景，表现了乱离年代特有的世事变化、别易会难的感慨。描写曲尽人情，宛然如在眼前。它通过具体细腻的叙述，抒发真挚深厚的感情。情感随着宾主相见、主人款待的过程起落转换，悲喜更迭，情景逼真，生动如画。这在杜诗中是别具一格的。明末王嗣奭《杜臆》评价这首诗“信手写去，意尽而止，空灵婉畅，曲尽其妙”。清代浦起龙《读杜心解》则认为这首诗“古趣盎然，少陵别调。一路皆叙事，情真，景真，莫乙其处。”

全诗情胜乎词，平易真切。其特点是句句转折却又层次井然。清代仇兆鳌《杜诗详注》分析说：“首叙今昔聚散之情。次言别后老少之状。末感处士款情（款待之情），因而惜别也。”具体而言，篇首四句为第一层，写久别重逢，从离别说到聚首，亦悲亦喜，悲喜交集。“少壮”以下十句为第二层，先从生离说到死别，透露出干戈乱离、人命危浅的现实；再写与卫八处士的重逢聚首。“问答”以下十句为第三层，写主人及其家人的热情款待，表达诗人对生活美和人情美的珍视；最后两句，写重聚又别的伤悲，是全篇感情的高潮，笔力如钧，激荡人心，而又低徊婉转，耐人寻味。

梦李白二首

其一

死别已吞声，生别常恻恻。
江南瘴疠地，逐客无消息。
故人入我梦，明我长相忆。
君今在罗网，何以有羽翼？
恐非平生魂，路远不可测。
魂来枫叶青，魂返关塞黑。
落月满屋梁，犹疑照颜色。
水深波浪阔，无使蛟龙得。

其二

浮云终日行，游子久不至。
三夜频梦君，情亲见君意。
告归常局促，苦道来不易。
江湖多风波，舟楫恐失坠。
出门搔白首，若负平生志。
冠盖满京华，斯人独憔悴。
孰云网恢恢？将老身反累。
千秋万岁名，寂寞身后事。

梦李白二首 诗意图　高向阳 绘

【题 解】

这两首诗作于唐肃宗乾元二年（759）秋，当时杜甫在秦川。唐玄宗天宝三载（744），李杜初会于洛阳，即成为至交。天宝四载（745）分手，至此已经十五个年头。至德二载（757），李白因为参加永王李璘的幕府而受牵连，被捕入狱；次年被定罪流放夜郎（今贵州桐梓县）；乾元二年（759）春，李白在流放途中遇赦，随即沿长江东还。但当时杜甫只知李白流放，不知赦还。这两首诗，就是杜甫听到李白流放夜郎后，积思成梦而作，表达了对李白不幸遭遇的深切同情和关切，体现了一种生死不渝的兄弟般的情谊。

这两首记梦诗，分别按梦前、梦中、梦后叙写，依清代仇兆鳌《杜诗详注》说，两篇都以四、六、六行分层；所谓“一头两脚体”。上篇写诗人初次梦见李白时的情景和心理，表现对故人吉凶生死的关切。此后数夜，又连续出现类似的梦境。于是，诗人又有下篇的咏叹，写梦中所见李白的形象，抒发对故人悲惨遭遇的同情。

句解

其一

死别已吞声，生别常恻恻。江南瘴疠地，逐客无消息

如果是死别，那还可以绝望地吞声一哭而了之，惟独生离却常令人更加悲痛不止。江南山泽是瘴疠滋生流行之处，被放逐贬谪的人为何至今毫无消息？诗一开头便如阴风骤起，吹来一片弥漫全诗的悲怆气氛。诗要写梦，先言别；未言别，先说死，以死别衬托生别，极写李白流放绝域、久无音讯，在诗人心中造成的苦痛。古时一旦被流放，山高路险，一去莫测。所以，古人常把生离死别视为人生两大痛事。

“已”，止。“吞声”，泣不成声。“恻恻”，悲凄悲痛貌。“瘴疠”，感受瘴气而生的疾病。瘴气，是指南方地区山林间湿热蒸发能致病的气。“逐客”，被放逐的人，指李白。

故人入我梦，明我长相忆。君今在罗网，何以有羽翼

今夜老朋友你忽然来到我梦里，因为你知道我常把你记忆。你如今陷入囹圄，身不由己，哪有羽翼，千里迢迢飞来这北国之地？这两句是说，诗人听到李白长流夜郎的消息，天涯忧念，积想成梦。不说梦见故人，而说故人入梦。而故人所以入梦，又是感于诗人的长久思念，写出李白幻影在梦中倏忽而现的情景，也表现了诗人乍见故人的喜悦和欣慰，巧妙曲折，至诚至真。但这欣喜只不过一刹那，转念之间便觉不对了。“明”，表明。“长”，常常。

恐非平生魂，路远不可测。魂来枫叶青，魂返关塞黑

梦中的你恐不会是此生之魂吧，路途遥远，生与死实难估计。故人魂魄，星夜从江南而来，又星夜自秦川而返。来的时候，江南枫林是一片伤心的青色；返回的时候，秦州关塞是一片令人惆怅的昏黑。

联想世间关于李白下落的种种不祥的传闻，诗人不禁暗暗思忖：莫非他真的死了？眼前的他可是魂魄？乍见而喜，转念而疑，继而生出深深的忧虑和恐惧。诗人对自己梦幻心理的刻画，十分细腻逼真。接着，通过用典将李白与屈原联系起来，不但突出了李白命运的悲剧色彩，而且表达自己对李白的称许和崇敬。“魂来”句，指李白之魂所在的地方。出自《楚辞·招魂》：“湛湛江水兮上有枫，目极千里兮伤春心，魂兮归来哀江南。”旧说系宋玉为招屈原之魂而作。“关塞”，指当时杜甫所居的关陇一带。

落月满屋梁，犹疑照颜色。水深波浪阔，无使蛟龙得

醒来后明月落下清辉洒满了屋梁，朦胧中似乎还能见到你的颜容憔悴。江南水深浪阔，旅途请多加小心，不要失足落入蛟龙的嘴里。

“落月”两句，写梦醒后的幻觉。“颜色”，指梦中李白的面容。看到月色，想到梦境，李白的容貌在月光下似乎隐约可见。凝神细辨，才知是一种朦胧的错觉，这是半醒半睡的境况；看到月光是半醒，看到李白是半睡。写得真实而细致，既是对李白的怀念，又确切表达了自己的心情和情境。“水深”二句，言江湖之间，风涛险恶，表达诗人的担忧与祝告。江南多湖泊，传说有蛟龙生在其间，能食人。此处兼有喻意，“水深”、“蛟龙”喻指政治环境的险恶。“蛟龙”一语见于梁吴均《续齐谐记》：东汉建武年间，有人白天在长沙见到一个自称屈原的人，听他说：“闻君当见祭，甚善。但常年所遗，恒为蛟龙所窃。今若有惠，可以楝叶塞其上，以采丝缠之，此二物蛟龙所惮也。”

其二

浮云终日行，游子久不至。三夜频梦君，情亲见君意

浮云一天到晚地在空中悠荡，游子李白也与我相别日久。一连三夜频频梦见你，足以看出你对我的情意是多么亲挚深厚。见浮云而念游子，是诗家比兴常例，李白也有“浮云游子意，落日故人情”（《送友人》）的诗句。天上浮云终日飘去飘来，天涯故人却久望不至；所幸李白一往情深，魂魄频频前来探访，使诗人得以略释愁怀。后两句与上篇“故人”句互相照应，我见君意也好，君明我忆也好，都是诗人推己及人，抒写自己对故人的一片深情。

告归常局促，苦道来不易。江湖多风波，舟楫恐失坠

你向我辞行时，常常心情不展，苦苦地诉说前来不易。你说江湖上风波险恶，唯恐船只失事沉没。诗人选取梦中片断，描述李白的幻影。“告归”句写神态，“江湖”句是独白，表现李白魂魄来去的艰险和他现实处境的恶劣。

出门搔白首，若负平生志。冠盖满京华，斯人独憔悴

你走出门去总是搔着满头白发，好像是为自己壮志不遂而怅恨。京都的官僚们冠盖相续，满城都是，惟独这样一个了不起的人物李白，困顿不堪，失意憔悴。“出门”句，抒发了诗人“惺惺惜惺惺”的感慨，并通过动作、外貌揭示对象的心理。后两句是为李白的遭际鸣不平。“冠盖”，士大夫的服饰和车驾，代指高冠华盖的权贵。“京华”，京都。

孰云网恢恢？将老身反累。千秋万岁名，寂寞身后事

谁说天网恢恢，善恶终有报应？你年高身老，却反遭牵累。千秋万代之后，李白的大名必将传扬天下，可那毕竟已是寂寞身亡后的安慰。《老子》谓“天网恢恢，疏而不失”，意谓天理如大网，虽稀疏却无漏失，善恶总有归结。“孰云”句反其意，言李白虽善而得恶报。“将老”句，李白获罪时，年已五十九。后两句言外之意是说，现在活着的时候，有谁去顾怜李白困苦的处境呢？在深沉的嗟叹之中，寄托着杜甫对李白的崇高评价和深切同情，也包含着诗人同病相怜的无限心事。所以，清代浦起龙《读杜心解》说：“次章纯是迁谪之慨。为我耶？为彼耶？同声一哭！”“寂寞”，指死去，与“身后”同义。

评解

这两首五言古诗，字字句句，都恻恻动人。前一首以“死别”发端，后一首以“身后”作结，形成一个首尾完整的结构。两首之间，又处处关联呼应，“逐客无消息”与“游子久不至”，“明我长相忆”与“情亲见君意”，“君今在罗网”与“孰云网恢恢”等，都是维系其间的纽带。但两首诗的内容和意境却颇不相

同。从写“梦”来说，前一首初梦，后一首频梦；前一首写疑幻疑真的心理；后一首写清晰真切的形象。从李白来说，前一首写对他当前处境的关注，后一首写对他生平遭际的同情；前一首的忧惧之情专为李白而发，后一首的不平之气兼含着诗人自身的感慨。

总之，两首记梦诗相关而不雷同，都写得深厚真挚，哀感动人。清代仇兆鳌《杜诗详注》评价说：“千古交情，惟此为至。”

蜀相

丞相祠堂何处寻？
锦官城外柏森森。
映阶碧草自春色，
隔叶黄鹂空好音。
三顾频烦天下计，
两朝开济老臣心。
出师未捷身先死，
长使英雄泪满襟。

【题解】

这首诗是上元元年（760）春天，杜甫初到成都游武侯祠所作。当时安史之乱未平，作者仕途失意，弃官入蜀。他在诗中对鞠躬尽瘁、死而后已的诸葛亮推崇备至，有着深刻的寓意。“蜀相”，指三国时蜀国丞相诸葛亮，东汉建安二十六年（221），刘备在蜀称帝，国号为汉（后人称蜀汉），以诸葛亮为丞相。

蜀相 诗意图　戴敦邦 绘

句解

丞相祠堂何处寻？锦官城外柏森森

诸葛丞相的祠堂到什么地方找寻？在成都城外，那柏树茂密高大的地方。首联点出祠堂的地理位置和自然环境。“丞相祠堂”，即武侯祠，西晋末年李雄为纪念蜀汉丞相武乡侯诸葛亮而建，在今成都市内，与刘备合庙而祀。“寻”字，使得一问一答、一开一合巧相连属，写出了初至成都的诗人急切瞻仰的心情。杜甫在巴蜀地区寻访过多处诸葛亮的遗迹，留下了多首诗篇。“森森”，形容柏树的茂密高大，是祠堂所在的标志，也是历代人民爱戴诸葛亮的见证。《古柏行》说：“君臣已与时际会，树木犹为人爱惜。”“锦官城”，指今四川省成都市。成都以产锦著名，三国蜀汉时在此设官专理此事，故曰锦官城。

映阶碧草自春色，隔叶黄鹂空好音

掩映台阶的碧草空自展现着一派春色，藏在密叶间的黄鹂徒劳地婉啭鸣唱。颔联写诗人步入诸葛亮祠堂的所见所闻，情感却起了急剧的变化，“寻”的结果是祠堂寂寥冷落，悄无人迹，这就形成了一种情感上的落差。“自”、“空”二字极为传情：碧草映阶，不过自为春色——因游人行踪难至；黄鹂隔叶，不过空作好音——因诗人无心倾听。一片诗心，全凝于二字。自然之恒久，与世事之多变、人生之不永暗相对照。“黄鹂”也称黄莺，是一种鸣声动听的小鸟。

三顾频烦天下计，两朝开济老臣心

当年刘备三顾茅庐，频频咨以天下大计，诸葛亮为先主开创基业，又为后主匡济救危，献出老臣的一腔忠诚。颈联由颔联的感物转为思人，上句写智识才能，见出其匡时雄略；下句写勤勉忠诚，见出其报国之忱；两句正好包括了他的事业自三顾茅庐始，而以辅佐刘禅终的全过程。“频烦”，再三劳烦。“两朝”，蜀汉皇帝刘备、刘禅父子两朝。“开济”，即开创基业，匡济时危，指诸葛亮辅佐刘备开国，又帮助刘禅撑持危局。

出师未捷身先死，长使英雄泪满襟

可惜啊，出师伐魏，还没取得胜利，诸葛丞相便病亡军中，永远让后代英雄们对此泪满衣襟！这两句是最感人的名句。“出师句”，诸葛亮为了伐魏，曾六出祁山。蜀汉建兴十二年（234），诸葛亮率师伐魏，据武功五丈原（在今陕西岐山县渭河南岸），与魏军隔渭水相持百余日，胜负未决而病死于军中，年仅五十四岁。这一事实本来就使人痛惜，更何况他那死而后已的精神留下了不可估量的影响。

壮志难酬抱憾而终者，不仅是诸葛亮的遗恨，也是古往今来无数失意英雄的共有心境。尾联在沉挚悲壮中，不仅表达对诸葛亮的痛惜、追念和景仰之情，同时也概括了古今英雄（包括诗人自己）在国危时艰之际有才无命、壮志未酬的悲慨。

评解

一千四百五十首杜诗中，称颂或提到诸葛亮的，有几十首之多，以这一首名气最大。诗题不作“武侯祠”，而作“蜀相”，是有深意的；意在臧否人物，而非清代方东树《昭昧詹言》所说的“吟怀古迹”。

这首七律章法曲折宛转，自然紧凑。前两联记行写景，洒洒脱脱；后两联议事论人，忽变沉郁。自始至终，一生功业心事，只用四语括尽，不愧是如椽巨笔。全篇由景到人，由寻找瞻仰到追述回顾，由感叹缅怀到泪流满襟，顿挫豪迈，几度层折。首联“何处寻”三字为全诗赞颂、痛惜之辞预留伏笔，此为第一折。颔联以碧草、黄鹂两个特写镜头，反衬英雄悲情，此为第二折。颈联胸臆直泻，以凝练精警之语，概括诸葛武侯的千秋功业，此为第三折。经此三折，诗人方揭出末句的点睛之笔。全篇所怀者大，所感者深，凡读此篇者，莫不有雄浑沉郁之感。

江 村

清江一曲抱村流，
长夏江村事事幽。
自去自来堂上燕，
相亲相近水中鸥。
老妻画纸为棋局，
稚子敲针作钓钩。
但有故人供禄米，
微躯此外更何求？

【题 解】

这首诗写于唐肃宗上元元年（760）夏天。这时杜甫结束了四年的流亡生活，靠亲友故旧的资助，在成都的浣花溪畔，建起几间草房，暂时安居下来。浣花溪幽静美丽的环境和难得的安定生活，使饱经离乡背井苦楚、备尝颠沛流离艰虞的杜甫深感愉快、宽慰和轻松。时值初夏，浣花溪畔，江流曲折，水木清华，一派恬静幽雅的田园景象。诗人拈来《江村》诗题，纵笔抒怀，优游愉悦之情实在难得。

清江一曲抱村流长夏江村
事事幽自去自来梁上燕
相亲相近水中鸥老妻画
纸为棋局稚子敲针作钓钩
但有故人供禄米微躯此外
更何求
杜甫诗江村一首

江村 诗意图　谢志高 绘

句解

清江一曲抱村流，长夏江村事事幽

浣花溪清澈的江水，弯弯曲曲地绕村而流；在长长的夏日中，事事都显得恬静安幽。首联以疏淡的笔调，点染出环境的清幽宁静、诗人心境的恬淡闲适。“抱”字，看似脱口而出，未尝用力，却赋江水以情态，将草堂临江、江流曲折的清幽环境和诗人置身于自然美景的感受，表现得形象而又生动。“事事幽”提挈一篇旨意；“幽”是全篇的诗眼。照一般做律诗的规矩，中间两联在同一联中忌有复字，首尾两联散行的句子，要求虽不那么严格，但也应尽可能避免复字。现在用一对复字，却有一种轻快俊逸的感觉，并不觉得有重复之病。“清江”，指浣花溪。

自去自来堂上燕，相亲相近水中鸥

自由飞翔、自来自去的，是那堂上的燕子；不离左右、相亲相近的，是那水中的群鸥。颔联写物情之幽静。清代仇兆鳌《杜诗详注》说这一联“见物我忘机”。在诗人看来，燕子与鸥鸟都有一种乐群适性、忘机不疑的意趣，衬托出诗人怡然自足的感情。在写法上，“梁上燕”应“村”，“水中鸥”应“江”。两句诗两个“自”字，两个“相”字，及“去”与“来”、“亲”与“近”，都属当句对，读起来轻快流畅，别具韵致。

老妻画纸为棋局，稚子敲针作钓钩

闲来无事，老妻展开素纸，画着棋盘；无忧无虑的幼子敲弯细针，做成钓钩。颈联写人事的闲趣。老妻画纸为棋局的痴情憨态，望而可亲；稚子敲针作钓钩的天真无邪，犹觉可爱。棋局最宜消夏，清江正好垂钓，愉悦之情，见于嬉戏之间，村居乐事，件件如意。经历长期离乱之后，重新获得家室儿女之乐，诗人怎么不感到欣喜和满足呢？历代评家一致赞美前四句自然天成，深入浅出，清真优美，但对颈联则褒贬不一。批评者贬其“琐屑近俗”，赞美者称其“亲切近情”，“尽其伦理之和”，“宜与智者道”。后说更可取。

但有故人供禄米，微躯此外更何求

只要有老朋友给予一些周济，我这微贱之人也就别无所求了。尾联表面上是喜幸之词，骨子里则包含着一丝悲苦之情。曰“但有”，就不能保证必有；曰“更何求”，正说明已有所求。杜甫没有忘记，眼前优游闲适的生活，是建立在故人接济的基础上的。连稳定的生活都不能保证，这说明他当时的境遇并不好。

中间两联，从物态人情方面，写足江村幽事，结句用“此外更何求”一句，关合“事事幽”，收足一篇主题，很简净，很稳当。“故人供禄米”，戏指老朋友们给自己生活方面的资助。此联上句又作“多病所须惟药物”。不论是“药物”还是“禄米”，都不免过于凿实。“微躯”，类似“贱体”之意，是自谦的说法。

评解

这是一首平淡自然的七言律诗。作者以醇和的笔调，质朴的语言，描绘出浣花溪畔幽美宁静的自然风光和村居生活清悠闲适的情趣，将夏日江村最寻常而又最富于特色的景象，描绘得真切生动，自然可爱，颇具田园诗萧散恬淡、幽雅浑朴的风韵。宋代蔡梦弼《草堂诗话》评价说：“其所以大过人者，无他，只是平易。虽曰似俗，其实眼前事尔。”

诗的前半写人与自然的和谐，自然令人赏心悦目，人在自然中感到自由、亲切、融洽。颈联写洋溢着欢乐、生气勃勃的家庭生活情景，深含着诗人对天伦之乐的欣慰和珍惜。末两句写不求仕宦的平淡心境。这是杜甫诗中难得多见的轻松愉快之作。清代黄生《杜诗说》谓之“杜律不难于老健，而难于轻松。此诗见潇洒流逸之致”。

茅屋为秋风所破歌

八月秋高风怒号，卷我屋上三重茅。

茅飞度江洒江郊，高者挂罥长林梢，下者飘转沉塘坳。

南村群童欺我老无力，忍能对面为盗贼，公然抱茅入竹去。

唇焦口燥呼不得，归来倚杖自叹息。

俄顷风定云墨色，秋天漠漠向昏黑。

布衾多年冷似铁，娇儿恶卧踏里裂。

床头屋漏无干处，雨脚如麻未断绝。

自经丧乱少睡眠，长夜沾湿何由彻？

安得广厦千万间，大庇天下寒士俱欢颜，风雨不动安如山！

呜呼！何时眼前突兀见此屋？吾庐独破受冻死亦足！

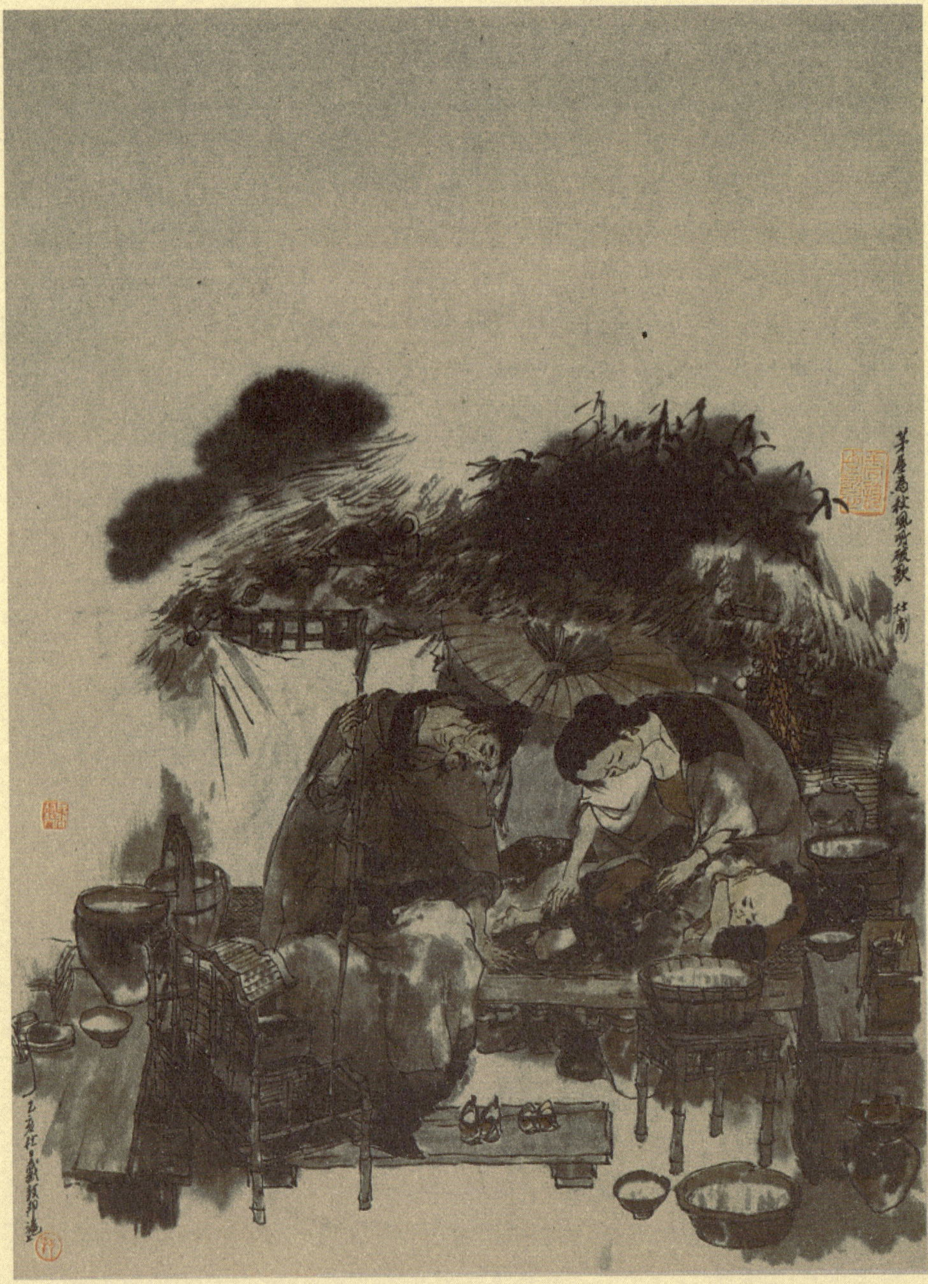

茅屋为秋风所破歌 诗意图　戴敦邦 绘

【题 解】

这是杜甫自伤贫困的“歌”，作于上元二年（761）秋八月。安史之乱中，杜甫历经坎坷，被俘复逃离，为官又弃官，“三年饥走荒山道”，辗转来到成都。上元二年春天，知命之年的杜甫求亲告友，在成都西郊的浣花溪边盖起了一座草堂，总算有了一个暂时的栖身之所，并靠故交严武的接济，过上了稍稍安定的生活。不料到了八月，怒号的秋风卷走了杜甫草堂上的茅草，晚上又下了一场大雨，弄得屋漏床湿。仕途多蹇、衰老贫困的诗人感慨万千，写下了这首感人至深的诗篇。

白居易说“文章合为时而著，歌诗合为事而作”，杜甫这首诗正是这样。面对苦难的处境，他不止于哀叹自己的遭遇，而是推己及人，希望“天下寒士”都免受其苦，表达出宁苦己以利人的高尚情怀。这种先人后己的精神境界，激励和感染了无数的读者。宋代诗人郑思肖《杜子美茅屋为秋风所破歌图》就写道：“雨卷风掀地欲沉，浣花溪路似难寻。数间茅屋苦饶舌，说杀少陵忧国心。”

句 解

八月秋高风怒号，卷我屋上三重茅。茅飞度江洒江郊，高者挂罥长林梢，下者飘转沉塘坳

八月的秋空，辽远高阔，谁料想忽然刮起一阵狂风，怒吼着，霎时间把我茅屋上的三层茅草都给掀掉了。茅草飞越了江水，散落在江对岸，有的高挂在林梢，有的沉落在塘坳。

起句交代时间，然后用五个开口呼的平声韵脚，句句押韵，给开篇就带来一股气势。“风怒号”三字，写出秋风来势猛，声音大，速度快，力量强。“卷”有连底刮跑的意思，不仅富有动感，而且满含浓烈的感情色彩。诗人好不容易盖起茅屋，刚刚定居，秋风却好像故意和他作对，使他不得安居，这怎能不令诗人万分焦急？“挂罥”，悬挂，缠绕。“坳”，低洼之处。

南村群童欺我老无力，忍能对面为盗贼，公然抱茅入竹去。唇焦口燥呼不得，归来倚杖自叹息

南村的一群顽童欺我年老无力，竟忍心当面作起了盗贼，公然抱起茅草，躲入竹林里。我唇焦口燥，不能再继续呼喊了，回家来扶着拐杖，空自叹息。这里又从天地写到人。前三句写群童大摇大摆地当面“行抢”，后二句写自己的无可奈何。前后一对照，群童顽皮无赖、诗人体衰无力的神态跃然纸上。“忍能”句表现的是诗人焦躁愤慨的心情，决不是真的给群童加上盗贼的罪名。用诗人《又呈吴郎》诗中的话说，是“不为困穷宁有此”！诗人如果不是十分困穷，就不会对大风刮走茅草那么心急如焚。这一切，都是结尾的伏线。“安得广厦千万间，大庇天下寒士俱欢颜”的崇高愿望，正是从“四海困穷”的现实基础上产生出来的。

俄顷风定云墨色，秋天漠漠向昏黑。布衾多年冷似铁，娇儿恶卧踏里裂

过了一会儿，狂风停息，黑云如墨，秋空阴沉迷蒙，一下子就昏暗了。盖了多年的布被冷硬如铁，娇儿的睡相不好，被里被他双脚乱蹬，都蹬破裂了。正当诗人无奈和叹息时，天色又变了，这是风雨的前兆。“俄顷”两句，以饱蘸浓墨之笔，渲染出暗淡愁惨的氛围，烘托出诗人的心境。“布衾”两句，写生活的窘困，被子用了多年，又破裂了，已不足以御寒，隐含着诗人难以为家的隐痛和不安。“俄顷”，不久，顷刻之间。

床头屋漏无干处，雨脚如麻未断绝。自经丧乱少睡眠，长夜沾湿何由彻

茅屋漏雨，床头被淋湿了，屋子里没有干的地方；而雨仍密密麻麻，不肯停歇。自从变乱以来，我就很少睡眠；在这样漫长的夜晚，湿漉漉的，如何才能挨到天亮？这一段虽是些琐事的絮叨，却能让人清晰地想见诗人独坐床上、仰天长叹的凄苦情景。“自经”两句，一纵一收。一纵，从眼前的处境扩展到安史之乱以来的种种痛苦经历，从风雨飘摇中的茅屋扩展到战乱频仍、残破不堪的国家；一收，又回到“长夜沾湿”的现实。“丧乱”，指安史之乱。

安得广厦千万间，大庇天下寒士俱欢颜，风雨不动安如山

怎么才能得到千万间高楼大厦，让普天下贫寒的人们都得到庇护，个个欢乐开怀；无论风雨如何吹打，房屋都安稳如山！这几句推己及人，想到百姓的困苦，提出使贫寒者“俱欢颜”的理想。诗句境界阔大，铿锵有力，从诗人自己痛苦生活的体验中，迸发出奔放的激情和火热的希望，千百年来一直激动着读者的心灵。“安得”句，是欲得而不能的一种想象。“大庇”，全部遮盖、保护起来。“寒士”，本指贫穷的读书人，这里泛指所有贫寒的人们。

鸣呼！何时眼前突兀见此屋？吾庐独破受冻死亦足

唉，什么时候，我眼前能突然见到这样的房屋？到那时，即便惟独我的房子破漏，让我受冻甚至冻死，我也心甘情愿！诗人从安居推及人情，大有民胞物与之意。他宁愿冻死，以换取天下穷苦者的温暖。对比白居易《新制布裘》诗的“安得万里裘，盖裹周四垠。稳暖皆如我，天下无寒人”，那只是推身利以利人，尚不及杜甫的“宁苦身以利人”。诗人博大的胸襟、崇高的理想，至此表现得淋漓尽致。不过，诗人欲以“吾庐独破”为代价，幻化出“广厦千万间”，这与其说是诗人“不爱一身而爱天下”，倒不如说是诗人激愤郁结之情的体现。

评解

这是一首歌行体的古诗，句式长短不齐，韵脚两韵一转，多次变换，有一种参差错落、曲折跌宕的感觉，这有助于表现坎坷生活和悲凉郁塞的心情。《唐宋诗醇》评价这首诗说：“极无聊事，以直写见笔力，入后大波轩然而起，叠笔作收，如龙掉尾，非仅见此老胸怀，若无此意，诗亦不可作。”

全篇可分为四段。从开头至“塘坳”为第一段，写面对狂风破屋的焦虑。从“南村”至“叹息”为第二段，写面对群童抱茅的无奈。从“俄顷”至“何由彻”为第三段，写遭受夜雨的痛苦。从“安得”至最后为第四段，写期盼广厦，将苦难加以升华。前三段是写实式的叙事，诉述自家之苦，情绪含蓄压抑；后一段是理想的升华，直抒忧民之情，情绪激越轩昂。前三段的层层铺叙，为后一段的抒情奠定了坚实的基础。如此抑扬曲折的情绪变换，完美地体现了杜诗“沉郁顿挫”的风格。

客至

舍南舍北皆春水，
但见群鸥日日来。
花径不曾缘客扫，
蓬门今始为君开。
盘飧市远无兼味，
樽酒家贫只旧醅。
肯与邻翁相对饮？
隔篱呼取尽余杯。

【题解】

这首洋溢着浓郁生活气息的诗，据黄鹤《黄氏集千家注杜工部诗史补遗》讲，是上元二年（761）春天，杜甫五十岁时，在成都草堂所作。这是一首至情至性的纪事诗，表现出诗人纯朴的性格和好客的心情。作者自注："喜崔明府相过"，可见诗题中的"客"，即指崔明府。其具体情况不详，杜甫母亲姓崔，有人认为，这位客人可能是他的母姓亲戚。"明府"，是唐人对县令的尊称。"相过"，即探望、相访。

客至 诗意图 华三川 绘

句解

舍南舍北皆春水，但见群鸥日日来

草堂的南北，春水漫漫，只见鸥鸟天天成群而至。首联描绘了草堂环境的清幽，景色的秀丽，点明时令、地点和环境。“皆”字写出春江水势涨溢的情景，给人以江波浩渺、茫茫一片之感。鸥鸟性好猜疑，如人有机心，便不肯亲近，在古人笔下常常是与世无争、没有心机的隐者的伴侣。因此“群鸥日日来”，不仅点出环境的清幽僻静，也写出诗人远离世间的真率忘俗；同时也说明：亲友云散，交游冷落，只见群鸥，不见其他来访者，闲逸的生活不免有一丝单调、寂寞。“舍”，自称其家为舍，这里指成都浣花溪畔的草堂。“春水”，指流经草堂的浣花溪。

花径不曾缘客扫，蓬门今始为君开

花草遍地的庭院小路，还没有因为迎客打扫过；用蓬草编成的门，因为你的到来，今天才打开。颔联由外转内，从户外的景色转到院中的情景，引出“客至”，用与客人谈话的口吻，增强了生活实感，表现了诗人喜客之至，待客之诚。对仗颇具匠心：花径不曾缘客扫，今始为君扫；蓬门不曾为客开，今始为君开，上下两意，互文而足。“缘客扫”，为了客人而打扫，古人常以扫径表示欢迎客人。“蓬门”，茅屋的门。

盘飧市远无兼味，樽酒家贫只旧醅

因为居住在偏僻之地，距街市较远，交通不便，所以买不到更多的菜肴，宴席不丰盛。家境贫寒，未酿新酒，只能拿味薄的隔年陈酒来招待你。以上虚写客至，下面转入实写待客。作者舍弃了其它情节，专取最能显示宾主情意的生活场景，着意描画。主人盛情招待，频频劝饮，却因力不从心，酒菜欠丰，而不免歉疚。我们仿佛听到那实在而又亲切的家常话，字里行间充满了融洽气氛。“盘飧”，盘中的菜肴。“飧”，本指熟食，这里泛指菜。“兼味”，菜肴一种叫味，两种以上叫兼味。“旧醅”，旧酿的隔年浊酒。“醅”，未经过滤的酒。古人好饮新酒，所以诗人因以旧醅待客而有歉意。

肯与邻翁相对饮？隔篱呼取尽余杯

客人肯不肯与邻家的老翁相对而饮？如果肯的话，我就隔着篱笆，招唤他过来，一起喝尽这最后的几杯。尾联以邀邻助兴的精彩细节，出人料想地笔意一转。这令人想到陶渊明的“过门更相呼，有酒斟酌之”。无须事先约请，随意过从招饮，是在真率纯朴的人际关系中所领略的绝弃虚伪矫饰的自然之乐。

评解

这是一首工整而流畅的七律。前两联写客至，有空谷足音之喜；后两联写待客，见村家真率之情。篇首以“群鸥”引兴，篇尾以“邻翁”陪结。在结构上，作者兼顾空间顺序和时间顺序。从空间上看，从外到内，由大到小；从时间上看，则写了迎客、待客的全过程。衔接自然，浑然一体。但前两句先写日常生活的孤独，从而与接待客人的欢乐情景形成对比。这两句又有“兴”的意味：用“春水”、“群鸥”意象，渲染出一种充满情趣的生活氛围，流露出主人公因客至而欢欣的心情。

刘克庄《后村诗话》说：“此篇若戏效元白体者。”杜甫自不可能飞跃时空去戏效他后代的元白体，那么从什么角度什么意义上讲，《客至》“戏效元白体”呢？简而言之，元白体就是指浅切平易的诗歌风格。综观全诗，语势流畅，除“盘飧”、“兼味”、“樽酒”之外，其余语句都没有太大的障碍，尤其是尾联虚字（“肯与”）和俗语（“呼取”）的运用，足当“戏效元白体”之评。另外，诗用第一人称，表达质朴流畅，自然亲切，与内容非常协调，形成一种欢快淡雅的情调，与杜甫其他律诗字斟句酌的风格确实不大一样，难怪刘克庄说它是“戏效元白体”。

春夜喜雨

好雨知时节，当春乃发生。
随风潜入夜，润物细无声。
野径云俱黑，江船火独明。
晓看红湿处，花重锦官城。

【题解】

杜甫诗集中有五十多首写雨的诗篇，以《喜雨》为题的，共四首，以这一首最为知名。

这首诗作于上元二年（761）春天，杜甫这时已经在成都草堂居住了两年。从上年的冬天到这年的二月间，成都一带发生了旱灾。经历过冬天的人，最懂得春天的温暖；经历过旱灾的人，最懂得雨的可贵。所以当春雨来临之际，杜甫欣喜非常，以久旱逢甘霖的心情，在诗中描绘了春夜雨景，讴歌了春雨滋润万物之功。

春夜喜雨 诗意图　戴敦邦 绘

句解

好雨知时节，当春乃发生

多好的雨水啊，它似乎知道季节的来临，当春天万物萌生之际便应时而发生。“好”字统摄全篇。俗话说“春雨贵如油”，当万物需要滋润时，它便来了，故谓“知时节”，也自然是“好雨”。诗人采用拟人化的写法，将春雨写得有情有知，善解人意，喜悦之情形于笔端。

随风潜入夜，润物细无声

它随着微风悄悄地在夜间飘落，柔情地滋润万物，细微得听不到一点响声。这两句用拟人化手法，在无声之处，将雨的连绵滋润之态写得十分传神，把雨好、人喜写得含蓄而又生动。诗句不用“洒”或“落”，而用“潜”字，十分恰切形象，准确传递了那种不知不觉的情境。清代仇兆鳌《杜诗详注》评价说：“雨骤风狂，亦足损物。曰潜曰细，写得脉脉绵绵，于造化发生之机，最为密切。”

野径云俱黑，江船火独明

看那四方郊野黑云密布，只有江中船上的渔火闪烁着一点光明。诗人又以开阔的夜景去描绘那听不见的细密春雨。前一句以乌云说明天阴雨长，正好满足了自然万物的需求。后一句与前一句形成对比，在无边的暗夜中跳出亮色调，色彩鲜明，富有画意。同时见出春天的雨势，虽然黑云密布，但并没有风雨飘摇之势，所以船上人才会那般平和。“野径”，乡间小路，这里泛指四方郊野。

晓看红湿处，花重锦官城

等到天亮后，去看那被雨水滋润的红花丛，经雨而湿重的鲜花定会开满锦官城。这一联由雨夜想象天晴，花儿饱含雨水的感觉，如在目前，花枝经受不起花朵份量的情状，也呈现出来。说明这雨整整下了一夜，已经下透了。诗人的想象，极大地拓展了诗的情感与思维空间，使得诗意更深一层，喜悦之情也不言自明。“红湿”，雨后的花丛，红润一片。“花重”，花朵经雨而湿重，一说色泽浓艳。明代谭元春在《唐诗归》中评价说：“‘红湿’字已妙于说雨矣。‘重’字尤妙，不湿不重。”“锦官城”，即成都。

评解

平常之景最为难写，能写难状之景如在目前，且如此真切入微，令人如临其境，只有大诗人能够做到。这是一首五律。前两联用流水对，把春雨的神韵一气写下，末联写一种骤然回首的惊喜，格律严谨而浑然一体。诗人是按先“倾耳听雨”、再“举首望雨”、后“闭目想象”的过程和角度，去表现春夜好雨的。诗从听觉写至视觉，乃至心理感觉，从当夜想到清晨，结构严谨，描写细腻；语言锤炼精工；巧妙地运用了拟人、对比等具有较强表现力的艺术手法。诗中句句绘景，句句写情，不用喜悦欢愉之类词汇，却处处透露出喜悦的气息、明快的情调。《瀛奎律髓汇评》引纪昀语：“此是名篇，通体精妙，后半尤有神。”

在择韵上，诗人以韵就情。他选择的“庚”韵，是后鼻韵母，其发音过程较长，客观上拖慢了整首诗涵咏的时间和语调，这恰恰宜于表达诗中喜悦而不冲动、醇厚而不奔放的绵长细腻的情感。

赠花卿

锦城丝管日纷纷，
半入江风半入云。
此曲只应天上有，
人间能得几回闻？

【题解】

这首诗作于上元二年（761），诗人时在成都。“花卿”，指花敬定。“卿”，是对地位和年辈较低者的一种客气称呼。花敬定是成都尹崔光远的部将，曾在平定梓州刺史段子璋叛乱中立过功。杜甫《戏作花卿歌》“成都猛将有花卿，学语小儿知姓名”，说的就是他。但他居功自傲，放纵士卒大掠东蜀；又目无朝廷，僭用天子音乐。这首诗可能是在花敬定举行的一次宴会上即兴之作，诗中描写了宴乐之盛，委婉地讽刺他恃功骄恣。

赠花卿 诗意图　马援 绘

句解

锦城丝管日纷纷，半入江风半入云

锦官城里管弦交奏，一天到晚响个不停。音乐声一半散入江风，一半散入云层。开篇两句运笔工丽绝巧，使人真切地感受到乐曲行云流水般的美妙。两个“半”字，空灵活脱，增添了不少情趣。“锦城”，即成都。“丝管”，指弦乐器和管乐器，这里泛指音乐。“纷纷”，本意是既多而乱的样子，通常是用来形容那些看得见、摸得着的具体事物，这里却用来比状看不见、摸不着的抽象的乐曲，这就从人的听觉和视觉的通感上，化无形为有形，极其准确、形象地描绘出弦管那种轻悠、柔靡，杂错而又和谐的音乐效果。

此曲只应天上有，人间能得几回闻

这样美妙的乐曲只在天宫才有啊，人世间能得几回赏听？这两句表面上是在赞美乐曲，实际是用一语双关的巧妙手法，含蓄地讽刺花敬定，可谓绵里藏针，寓讽于谀，意在言外。这可以从“天上”和“人间”两词看出端倪。“天上”者，天子所居皇宫也。“人间”者，皇宫之外也。说乐曲属于“天上”，且加“只应”一词限定，那么，人间当然就不应得闻。不应得闻而竟然得闻，不仅“几回闻”，而“日纷纷”，其侈糜可见一斑。于是乎，作者的讽刺之旨就从这种矛盾的对立中，既含蓄婉转又确切有力地显现出来了。

评解

这是一首七言绝句，前两句对乐曲作具体形象的描绘，是实写；后两句以天上的仙乐相夸，是遐想。因实而虚，虚实相生，将乐曲的美妙赞誉到了极度。清代仇兆鳌在《杜诗详注》中评价说：“此诗风华流丽，顿挫抑扬，虽太白（李白）、少伯（王昌龄），无以过之。其首句点题，而下作承转，乃绝句正法也。”

这首诗字面上朴实易懂，明白如话，但对它的主旨，历来注家颇多异议。有人认为它只是赞美乐曲，并无弦外之音；有人认为它是用来讥讽花卿的。联系作者的人生态度、创作精神，并结合此诗的写作背景和具体诗意看，后者较为可取。正如明代杨慎《升庵诗话》所说：“（花卿）蜀之勇将也，恃功骄恣。杜公此诗讥其僭用天子礼乐也。而含蓄不露，有风人言之者无罪、闻之者足以戒之旨。”清代沈德潜《说诗晬语》也说：“诗贵牵意，有言在此而意在彼者，杜少陵刺花敬定之僭窃，则想新曲于天上。”

江畔独步寻花

黄四娘家花满蹊，
千朵万朵压枝低。
留连戏蝶时时舞，
自在娇莺恰恰啼。

【题 解】

这首诗作于杜甫定居成都草堂的第二年，即上元二年（761）春。春暖花开的时节，杜甫本想寻伴同游赏花，未能寻到，只好独自沿锦江江畔散步，每经历一处，写一处；写一处，又换一意；一连成诗七首，共成一个体系，同时每首诗又自成章法。

此为组诗的第六首。记叙在黄四娘家赏花时的场面和感触，描写草堂周围烂漫的春光，表达了对美好事物的热爱之情和适意之怀。春花之美、人与自然的亲切和谐，都跃然纸上。

江畔独步寻花 诗意图　甘雨辰 绘

句解

黄四娘家花满蹊，千朵万朵压枝低

黄四娘家的鲜花遮住了庭前小路，花儿千朵万朵，沉甸甸地，把枝条都压弯压低了。首句点明寻花的地点。“黄四娘”，不详。“娘”或“娘子”是唐代对妇女的美称或尊称。以人名入诗，很有生活情趣和民歌味道。次句“千朵万朵”，是上句“满”字的具体化，“压”、“低”二字用得十分准确、生动，可见出争相怒放的花朵重重叠压的盛况。

留连戏蝶时时舞，自在娇莺恰恰啼

流连不舍的蝴蝶在百花丛中时时游戏飞舞，安闲自得的黄莺似为我的来到而传出一串娇啼。这两句以细微的刻画，写出了蝴蝶轻捷的舞姿和黄莺动听的歌声，显示出春意盎然的景象。“留连”，亦作“流连”，依恋而不忍离去。暗示出花的芬芳鲜妍，也是说诗人被这美景吸引，留连忘返。“自在”，既描绘黄莺自由自在地歌唱，也描述出诗人心理上愉快轻松的感觉。“时时”，不是偶尔一舞，而是几乎不停地舞。“恰恰”，恰好，正当这个时候。“时时”、“恰恰”相对仗，显得格外工丽。

评解

这类赏景题材的绝句，唐诗中屡见不鲜。但是如此刻画细微、有声有色的，并不多见。它既像一首美妙绝伦的乐曲，又像一幅醉人的春光画。全诗无一句抒情，都是写景，但景中又无不寓情，诗人欣赏着春花满枝的美景，倾听着黄莺啼叫的动人歌声，那种心旷神怡、轻松愉快的心境和健康愉悦的兴致，给人清新优美的感觉。

在句法上，这首诗三四句既对仗工稳，又饶有余韵。按照文法习惯，这两句应作：戏蝶留连时时舞，娇莺自在恰恰啼。诗人把“留连”、“自在”提到句首，既是出于音韵上的考虑，同时又在语意上强调了它们，使含义更为显豁，句法也显得新颖多变。

闻官军收河南河北

剑外忽传收蓟北，
初闻涕泪满衣裳。
却看妻子愁何在？
漫卷诗书喜欲狂！
白首放歌须纵酒，
青春作伴好还乡。
即从巴峡穿巫峡，
便下襄阳向洛阳。

【题 解】

这首诗作于唐代宗广德元年（763）春。前一年冬，唐军在洛阳附近打了一个大胜仗，收复了洛阳等地。广德元年正月，叛军首领史思明的儿子史朝义兵败自杀，延续八年之久的安史之乱至此平息。在战乱中漂泊受难、饱经沧桑，正流离于梓州（治所在今四川三台）的杜甫，听到这个消息，惊喜欲狂，心中激荡，难以自抑，狂喜之余，以饱含激情的笔墨，写下了这首脍炙人口的七律。

闻官军收河南河北 诗意图 吕士荣 绘

句解

剑外忽传收蓟北，初闻涕泪满衣裳

剑南一带忽然传来官军收复蓟北的喜讯；初闻此讯，我止不住热泪滚滚，洒满了衣裳。首联恰切而逼真地反映出诗人当时的心理，感人至深。多少年动荡流离的生活，多少个忧愁凄苦的长夜，多少军民的浴血奋战，就要结束了；多少年的日思夜盼，终于实现了，怎能不教人喜极而泣？“忽传”，表现捷报来得突然，如春雷乍响，惊喜的洪流，冲开郁积已久的感情闸门。“剑外”，即剑门关（剑阁）以南地区的蜀中（今四川境内），唐朝置剑南道，治所在成都。“蓟北”，唐时的幽、蓟二州一带（今河北北部），是安史叛军的老巢。

却看妻子愁何在？漫卷诗书喜欲狂

回过头看着妻子儿女，她们脸上的愁云已经一扫而光；胡乱地收卷起一堆诗书，我欣喜得简直要发狂！颔联以转作承，落脚于“喜欲狂”，这是惊喜的情感洪流涌起的又一高峰。“却看”，即回头看。当自己悲喜交集时，自然想到多年来同受苦难的妻子儿女。“漫卷”，是一种无目的、下意识的动作。动乱结束，第一个长期深藏在心里的愿望自然冒出来：从此可以回乡，过上安定的日子。所以欣喜若狂地把散乱的诗书卷起来，诗人未必真的要立刻收拾行李，只是情不自禁，渴盼早归的自然流露。

白首放歌须纵酒，青春作伴好还乡

满头白发的我，要放声高歌，还要纵情饮酒；有明媚的春光作伴，正好可以启程回归故乡。颈联就“喜欲狂”作进一步抒写，并转入极欲回乡的心情。放歌、纵酒是狂喜的具体表现。青春、还乡是诗人的设想。“白首”，一作“白日”，但与下句中的“青春”显得重复，故作“白首”较好。“青春”，指春季。

即从巴峡穿巫峡，便下襄阳向洛阳

立即乘船从巴峡启程，顺水穿过巫峡，直接由水路北上襄阳，旋即又由陆路直奔故乡洛阳。尾联就还乡作进一步抒写，展望中的旅程是多么美好，又是多么平易坦荡。实际上，从剑外到洛阳，路途很远，巴峡、巫峡、襄阳、洛阳四处相距也不近，但在归心似箭的诗人笔下，简直就像朝发夕至那么容易、那么快速。这一联包含四个地名。“巴峡”与“巫峡”，“襄阳”与“洛阳”，既各自对偶（句内对），又前后对偶，形成工整的地名对；而用“即从”、“便下”绾合，两句紧连，一气贯注，又是活泼的流水对。再加上“穿”、“向”的动态与两“峡”两“阳”的重复，也就有了一泻千里的气势。

“巴峡”，指四川东北部嘉陵江上游峡谷，非巴东三峡。“巫峡”，在今四川巫山县东，长江三峡之一。“襄阳”，今湖北襄樊市，杜甫祖籍在此。从襄阳到洛阳，要改走陆路，所以用“向”字。“洛阳”，今属河南。杜甫籍贯河南巩县，三岁时移居洛阳，故常以洛阳为故乡。句后作者原注：“余田园在东京。”东京即洛阳。

评解

杜诗之妙，有以命意胜者，有以篇法胜者，有以俚质胜者，有以仓卒造状胜者。这一首即是最后一种情况。清代浦起龙《读杜心解》说这是“杜老生平第一首快诗”，这应缘于大悲之后的大喜。多年郁闷，一扫而光，岂能不快？兴致勃发，挥毫作诗，焉能不快？

杜诗一千四百五十首，言喜者不多。这首一变其一贯的沉郁顿挫之风，性情溢于笔墨之间。前两联写闻捷讯之喜，后两联写还乡之心切，除第一句叙事点题外，其余各句都是抒发狂喜之情的。一般来说，悲哀之情容易动人，喜悦之情难以描状。虽然这是一首律诗，但读起来毫无律体的束缚之感。气势如风驰电掣，节奏像瀑水急湍，全篇就如行云流水一般，一气浑成，绝无雕饰妆点，真可谓情至文生，愈朴愈真。这首诗将久经丧乱的人们听到战争结束时的狂喜之情强烈地表达出来，因而千百年来不知打动了多少乱世中流亡者的心。

绝句四首（其三）

两个黄鹂鸣翠柳，
一行白鹭上青天。
窗含西岭千秋雪，
门泊东吴万里船。

【题解】

这首诗是广德二年（764）杜甫居成都草堂时写的。明末王嗣奭《杜臆》说“是自适语”，“盖作于卜居草堂之后，拟客居此以终老，而自叙情事如此。”其时，安史之乱已平定，杜甫蒙友人资助，居于城外风景清幽的草堂，心情不错。面对生气勃勃的景象，他情不自禁，写下一组即景小诗。兴到笔随，事先既未拟题，诗成后也不打算拟题，干脆以“绝句”为题。

绝句四首（其三）诗意图　孙文铎 绘

句解

两个黄鹂鸣翠柳，一行白鹭上青天

两只黄鹂在新绿的柳枝间鸣唱，一行白鹭列队飞向青天。这两句有声有色，意境优美，对仗工整。黄鹂、翠柳显出活泼的气氛，白鹭、青天给人以平静、安适的感觉。“鸣”字表现了鸟儿的怡然自得。“上”字表现出白鹭的悠然飘逸。黄、翠、白、青，色泽交错，展示了春天的明媚景色，也传达出诗人欢快自在的心情。《艇斋诗话》引韩子苍云：“古人用颜色字，亦须配得相当方用。‘翠’上方见得‘黄’，‘青’上方见得‘白’。”

窗含西岭千秋雪，门泊东吴万里船

从窗口望去，西岭上千年不化的积雪，似乎近在眼前；门外江上停泊着行程万里、从东吴归来的航船。一个“含”字，表明诗人是凭窗远眺，此景仿佛是嵌在窗框中的一幅图画。这两句表现出诗人心情的舒畅和喜悦。“千秋雪”言时间之久，“万里船”言空间之广。诗人身在草堂，思接千载，视通万里，胸襟何等开阔！

“西岭”，即成都西南的岷山，其雪常年不化，故云“千秋雪”。“东吴”，三国时孙权在今江苏南京定都建国，国号为吴，也称东吴。这里借指长江下游的江南地区。

评解

这首绝句一句一景，两两对仗，写法精致考究，但读起来十分自然流畅，一点儿也不觉得有雕琢之感。因为一以贯之的是诗人的内在情感。一开始写草堂的春色，情绪是陶然的；而随着视线的游移、景物的转换、江船的出现，触动了他的乡情。四句景语完整表现了诗人这种复杂细致的内心思想活动。

苏轼曾说“少陵翰墨无形画”，此诗就像一幅绚丽生动的山水条幅：画的中心是几株翠绿的垂柳，黄莺儿在枝头婉转歌唱；画的上半部是青湛湛的天，一行白鹭映于碧空；远处高山明灭可睹，遥望峰巅犹是经年不化的积雪；近处露出半边茅屋，门前一条大河，水面停泊着远方来的船只。从颜色和线条看，作者把两笔鹅黄点染在一片翠绿之中，在青淡的空间斜勾出一条白线。点线面有机结合，色彩鲜明而又和谐。图象有动有静，视角由近及远，再由远及近，给人以既细腻又开阔的感受。其空间感和时间感运用巧妙，使人觉得既在眼前，又及万里；既是瞬间观感，又通连古今甚至未来；既是写实又富于想象。

阁 夜

岁暮阴阳催短景，
天涯霜雪霁寒宵。
五更鼓角声悲壮，
三峡星河影动摇。
野哭几家闻战伐，
夷歌数处起渔樵。
卧龙跃马终黄土，
人事音书漫寂寥。

【题 解】

这首七言律诗是杜甫于大历元年（766）冬寓居夔州西阁时所作，是诗人感时、伤乱、忆旧、思乡心情的真实写照。当时，蜀中发生了崔旰、郭英义、杨子琳等军阀的连年混战，吐蕃也不断侵袭蜀地，加之杜甫好友郑虔、苏源明、李白、严武、高適等人相继亡故，杜甫深感寂寞悲哀。诗人流寓于荒僻的山城，面对峡江壮丽的夜景，听到悲壮的鼓角声，感慨万千。他由眼前的情景想到国家的战乱，由历史人物想到自己的境遇，力图在内心超越令人悲伤的现实。诗中虽有悲凉哀伤之情，却也有壮情和超然之意。“阁夜”，即西阁之夜。

阁夜 诗意图　武继仁 绘

句解

岁暮阴阳催短景，天涯霜雪霁寒宵

时令到了寒冬，天越来越短；我浪迹天涯，在这霜雪初散的寒宵。首联用流水对起题，点明时间、环境。“岁暮”，指冬季。“阴阳”，指日月。短景，冬天日短夜长，所以说“短景”，此处深意是说光阴苦短。“催”这一动词，逼真地写出衰年岁暮，久客不归，使人觉得光阴荏苒，岁月相催。“天涯”，这里指夔州，又有沦落天涯之意。“霁”，霜雪停止、消散。“寒宵”，寒冬之夜。当此霜雪方歇的寒冬夜晚，天涯沦落的诗人对此凄凉寒怆之景，不由感慨万千。这一联写实景，而寓深情，为全诗奠定了一种沉痛的笔调。

五更鼓角声悲壮，三峡星河影动摇

五更时分传来的鼓角声，起伏悲壮；三峡倒映着银河星辰，随着江波动摇。颔联承“寒宵”，写夜中所闻所见。“鼓角”，古代军中用以报时和发号施令的鼓声、号角。当时安史之乱虽已平定数年，但各地时有战事。古时将一夜分为五更，“五更”即接近天明了。此时，愁人不寐，那鼓角之声更显得悲壮感人。这从侧面烘托出兵革未息、时局动荡、战争频仍的气氛。天上星河虽然壮观无比，但映照于峡江时，因湍急的江流，而呈现出破碎、摇曳不定的景象，这似乎与诗人风雨飘摇的人生、时局的纷乱有些相似。这两句气势苍凉，音调雄浑铿锵，辞采清丽壮阔，于《东坡志林》所言“伟丽”之外，还蕴含着诗人悲壮深沉的情怀。正如宋人刘辰翁所云：“第三四句对看，自是无穷俯仰之悲”。

叶梦得《石林诗话》评价说：“七言难于气象雄浑，句中有力，而纡余不失言外之意，自老杜‘锦江春色来天地，玉垒浮云变古今’，与‘五更鼓角声悲壮，三峡星河影动摇’等句之后，常恨无复继者。”

野哭几家闻战伐，夷歌数处起渔樵

荒野中多少人家的恸哭声中，传来战争的讯息；惟有数处渔人樵夫唱起的夷歌，还透着一点生命的声息。颈联写拂晓前所闻，真实刻画了夔州的偏远凄凉的景象。“野哭”、“夷歌”，一个富有时代感，一个具有地方性。对忧国忧民诗人来说，这两种声音都使他倍感悲伤。“几家”，一作“千家”。“战伐”，指当时蜀中自永泰元年开始，崔旰、郭英义、杨子琳等军阀割据混战。“夷歌”，指蜀地少数民族的歌谣。

卧龙跃马终黄土，人事音书漫寂寥

诸葛亮和公孙述，一样最终归于黄土；人事变迁，音书断绝，使人感到寂寞无聊，但又算得了什么？“漫”，任随。“卧龙”，指诸葛亮。“跃马”，指公孙述。公孙述在西汉末曾乘乱据蜀，自称白帝。这里用晋左思《蜀都赋》“公孙跃马而称帝”之意，诸葛亮和公孙述都曾在夔州活动。尾联看似自宽自慰，实则有着诗人深入的思考，正如卢世漼所说：“意中言外，怆然有无穷之思。”诗人并不只是一般地描写他早已写过多次的战乱，而是将眼前的动荡放到更深广的历史背景中去思考。古往今来，不论贤愚忠逆，最终都不免归卧黄土；战争无论延续多久，终会结束；生命无论受到多少摧残，总会延续。就像诗中所说，虽然有“野哭”，但也闻“夷歌”。

评解

此诗前四句写阁夜景象，后四句写阁夜情事。《批点唐诗正声》分析说：“全首悲壮慷慨，无不适意。中二联皆将明之景，首联雄浑动荡，卓冠千古。次联哀乐皆眼前景，人亦难道。结以忠逆同归自慰，然音节犹婉曲。”

全诗激越悲凉，气象雄阔，诗人围绕题目，从几个重要侧面抒写夜宿西阁的所见所闻所感，从寒宵雪霁写到五更鼓角，从天空星河写到江上洪波，从山川形胜写到战乱人事，从当前现实写到千年往迹，大有上天下地，俯仰古今之慨。明代胡应麟《诗薮·内编》称赞此诗“气象雄盖宇宙，法律细入毫芒”，并说它是“老杜七言律全篇可法者”，七言律诗的“千秋鼻祖”。《杜诗解》称赞此诗“笔势又沉郁，又精悍，反复吟之，使人增长意气百倍”。

秋兴八首（其一）

玉露凋伤枫树林，
巫山巫峡气萧森。
江间波浪兼天涌，
塞上风云接地阴。
丛菊两开他日泪，
孤舟一系故园心。
寒衣处处催刀尺，
白帝城高急暮砧。

【题 解】

《秋兴八首》是大历元年（766）秋杜甫滞留夔州时惨淡经营的一组七言律诗。杜甫时年五十五岁。当时蜀地战乱不息，诗人晚年多病，知交零落，壮志难酬，心境非常寂寞、抑郁。当此秋风萧飒之时，不免触景生情，感发诗兴，故曰《秋兴》。这八首诗是一个完整的乐章，命意蝉联而又各首自别，时代苦难，羁旅之感，故园之思，君国之慨，杂然其中，历来被公认为杜甫抒情诗中沉实高华的艺术精品。清代黄生《杜诗说》就说：“杜公七律，当以《秋兴》为裘领，

秋兴八首（其一） 诗意图 张纯桂 绘

乃公一生心神结聚之所作也。”清代沈德潜《唐诗别裁集》也说：“怀乡恋阙，吊古伤今，杜老生平俱于见此。其才气之大，笔才之高，天风海涛，金钟大镛，莫能拟其所到。”

这里所选的第一首，是领起的序曲。诗人用铺天盖地的秋色将渭原秦川与巴山蜀水联结起来，寄托自己的故国之思；又用滔滔不尽的大江把今昔异代联系起来，寄寓自己抚今追昔之感。诗中那无所不在的秋色，笼罩了无限的宇宙空间；而它一年一度如期而至，又无言地昭示着时光如流，生命不永。

句解

玉露凋伤枫树林，巫山巫峡气萧森

白露凋伤了漫山遍野的枫林，秋色已经很深，巫山巫峡呈现出一片萧森景象。首联开门见山，描绘出具有浓重感伤色彩的秋色、秋气，奠起全篇萧飒哀残之基。《集千家注分类杜工部诗》引刘辰翁评语说：“露曰玉露，树曰枫林，凋伤之中，仍有富丽之致，自是大方家数。”叶嘉莹《杜甫秋兴八首集说》评价这一联：“气象足以笼罩，而复有开拓之余地，是绝好开端。”“玉露”，秋天的霜露，因其白，故以玉喻之。“凋伤”，草木在秋风中凋落。“巫山”，在今重庆市巫山县。“萧森”，萧瑟阴森。

江间波浪兼天涌，塞上风云接地阴

峡中的江水波涛汹涌，波浪滔天；塞上的风云阴沉密布，仿佛和地面贴近。清代杨伦《杜诗镜铨》评论说：“波浪在地而曰兼天，风云在天而曰接地，极言阴晦萧森之状。”这就将眼前景和心中景连成一片，使人感到天上地下，处处惊涛骇浪、风云翻滚、阴晦惨淡的气氛笼罩四野，分明是阴沉压抑、动荡不安的心情和感受的写照。“江间”，即巫峡；“塞上”，即巫山。“兼”、“接”二字，写出浑莽之象。

丛菊两开他日泪，孤舟一系故园心

秋菊两度盛开，使我再次洒下往日流过的眼泪；一叶孤舟靠岸系绳，始终都牵动着我的故园之思。这一联是全篇诗意所在。“丛菊两开”，指诗人于永泰元年（765）离开成都，原打算很快出峡，但这年留居云安，次年又留居夔州，见到丛菊开了两次，还未出峡。故对菊掉泪。“开”字双关，一谓菊花开，又言泪眼随之开。孤舟本来只能系住自己的行踪，却把诗人的思乡之心也牢牢地系住了，故见舟伤心，引出故园之思。

寒衣处处催刀尺，白帝城高急暮砧

我清晰地听到，砧声四起，傍晚时分，在白帝城楼的高处，是那么的急促。妇女们正拿着裁尺和剪刀，为在外的亲人赶制着御寒的衣服。“催刀尺”，即催动刀尺。“白帝城”，旧址在今四川省奉节县东的白帝山上，与夔门隔岸相对。“急暮砧”，黄昏时分捣衣的砧声很紧。“砧”，捣衣石，这里借指捣衣发出的声音。古人裁衣前，先将衣料放在砧上，用杵捣软，使之平整光滑。每到秋天，家人要为远方的游子或征人制作寒衣，因此捣衣声是人间的秋声，往往会增添客子的愁绪。在这黯淡萧条的秋景和暮色中，诗人更平添了几许孤独、忧伤之感。

评解

清代浦起龙《读杜心解》说：“首章，八诗之纲领也。明写秋景，虚含兴意；实拈夔府，暗提京华。”作为八首诗的开场白，这第一首诗通过对巫山巫峡秋声秋色、秋景、秋意的形象描绘，烘托出阴沉萧森、动荡不安的环境气氛，寄寓着诗人自伤漂泊、忧国思乡的心情。其气概和风韵，堪称压卷。

起笔两句，最称警挺，已摄秋景之神。前两联极写绝塞萧森秋景，有笼盖八章之势。江间塞上，状其悲壮；丛菊孤舟，写其凄紧。从眼前丛菊的开放，联系到故园；追忆故园的沉思，又被白帝城黄昏的砧声打断。这中间有从夔府到长安，又从长安到夔府的往复。

咏怀古迹五首（其三）

群山万壑赴荆门，
生长明妃尚有村。
一去紫台连朔漠，
独留青冢向黄昏。
画图省识春风面，
环佩空归月夜魂。
千载琵琶作胡语，
分明怨恨曲中论。

【题 解】

《咏怀古迹五首》是一组七言律诗，作于大历元年（766），是杜甫在夔州和自夔州赴江陵途中陆续写成。此为第三首，是杜甫离开夔州东下、途经荆州府归州（今湖北秭归）东北四十里的昭君村时所作。

有人认为，“咏怀”、“古迹”本是两题，后人误合为一，如果并读，则不成话；有人则认为，借古迹以咏怀，咏古即咏怀，一题而兼有二义。从诗的内容主旨说，这两种看法都有道理，但就语义而言，将“咏怀古迹”解释为“歌咏

咏怀古迹五首（其三） 诗意图 徐震时 绘

怀抱、古迹”，“咏”字下有两个宾语，一为“怀”，一为“古迹”，读起来很别扭。而将“咏怀古迹”直接解释为借古迹以咏怀，用以解释诗的内容主旨是确切的，但用以解释题目含义，则不免牵强。实际上，“咏怀古迹”就是“怀古”，“咏怀”二字都是动词，意为歌咏怀念，题目之义就是歌咏和怀念古迹。

句解

群山万壑赴荆门，生长明妃尚有村

三峡之中，成千上万的山峦山谷，相依相连，一齐奔向荆门。就在那一带，还保留着生长明妃的山村。首联点出昭君村所在位置和环境。“荆门”，指荆门山，在今湖北宜都西北，长江南岸，荆门以西多山岭。今湖北秭归有昭君村，在与巫峡相连的荆门山里，传说是昭君出生的地方。“明妃”，即王昭君，名嫱，字昭君，湖北秭归人，汉元帝时宫女。竟宁元年（公元前33），昭君被遣，嫁给匈奴呼韩邪单于，后死于匈奴。晋时因避司马昭讳，改称明君，也称明妃。交待地点，本来是很平常的起头，却写得极有气势。一个“赴”字突现了三峡和荆门那种山连岭接、雄奇生动的走向和动势，所以《唐宋诗醇》评为“破空而来，势如天骥下坂，明珠走盘”。读者的视线一下子被吸引到荆门这个点上，进而定格在昭君村。昭君虽为女流，但她身行万里，心与故国同在，芳名万古长传。其人其事，有一种悲壮的色彩，仿佛正如她生长的地方那样，气象不凡。所以在诗人笔下，这画面的底色，不是阴柔的秀丽，而是阳刚的伟岸。

一去紫台连朔漠，独留青冢向黄昏

当年王昭君孤独地离开汉宫，远嫁到北方大漠之地，就再没回来；最后身死异域，只留下青色的坟墓，笼罩在昏黄风沙中。颔联营造出悲凉萧瑟的氛围，与前两句形成生地和死地的鲜明对照，概括了昭君一生的遭遇。《后汉书·南匈奴传》载，呼韩邪单于死，昭君曾上书求归，成帝令从胡俗，不许，昭君终死于匈奴。“一去”是悲之始，“独留”是悲之结。“一”，这里是独自一人的意思。“连”，指连姻，即“嫁”。“紫台”，即紫宫，帝王所居之处。“青冢”，指王昭君墓，在今内蒙古自治区呼和浩特市南二十里。传说当地多生白草，独王昭君墓地多生青草，故称“青冢”。“向”，这里是“在”的意思。“黄昏”，当作“昏黄”，这里指昏黄的风沙。一是为了与上句的“朔漠”对仗，二是为了协韵，所以倒装，就像宋代林逋《山园小梅》中的名句：“疏影横斜水清浅，暗香浮动月黄昏”

一样。

画图省识春风面，环佩空归月夜魂

单凭画图约略看识，怎能辨出青春美貌的容颜呢？昭君身死匈奴不得归，能够带着环佩在月夜归来的，恐怕只有她的幽魂。《西京杂记》载：汉元帝因宫女太多，不得常见，就让画工为宫女画像，便于随其临幸。宫女们争相贿赂画工，而昭君自恃貌美，不肯行贿，画工就故意把她画得很丑。后元帝实行和亲政策，匈奴入朝，求美人，元帝凭画像派昭君去匈奴，等到临行时，才发现她青春貌美，闲雅大方。元帝追悔莫及，命令将画工处以死刑。

这两句从昭君命运的转折点说起，写她生前不遇的原因，并将生前的青春美貌和死后的月下幽魂相对照，文字对仗工巧，又蕴含着无穷感慨：生前已经错过知遇的机会，死后魂魄归来也是枉然！同时，诗人在对昭君埋没宫中，葬身塞外，一生孤苦独幽的际遇深表同情之时，也借以抒发自己怀才不遇的感慨。“省识”，犹略识，即未仔细辨认。“环佩”，古时女性的装饰物，这里代指昭君。

千载琵琶作胡语，分明怨恨曲中论

千载以来，琵琶弹出的都是胡地之音；昭君虽死，其怨难平，琵琶曲中倾诉的分明是她的满腔怨恨。“琵琶”，本西域胡人乐器，汉刘熙的《释名》说：“琵琶，本出于胡中马上所鼓也。推手前曰琵，引手却曰琶。”故诗人称其乐曲为“胡语”。传说汉武帝嫁公主（实为江都王女）于西域乌孙王，公主悲伤，胡人乃于马上弹琵琶以娱之。后人把这些与昭君的故事搀合起来，写出《昭君怨》等琴曲，于是，就有王昭君惯弹琵琶的说法。

尾联正面写昭君的怨恨。昭君之怨，主要是一个远嫁女子永远怀念故土的怨恨忧思。杜甫当时身处异地、远离故乡的处境和昭君相似，从诗题《咏怀古迹》可知，诗人在写昭君的怨恨之情时，是寄托了自己的身世家国之情的。

评解

《唐宋诗醇》评价这首诗说：“咏明妃者，此为第一。”清代唐汝询《汇编唐诗十集》中说：“此篇温雅深邃，杜集中之最佳者。”清代沈德潜《唐诗别裁集》也说：“咏昭君诗，此为绝唱。”《网师园唐诗笺》帮腔说：“奔腾而来，悲壮浑成，安得不推绝唱？”确实如此。

这首诗由写昭君村开始，进而写昭君的身世遭遇，最后突出昭君的怨恨。表面看来，好像是咏昭君而非咏怀，实际上还是咏古迹以感己怀。在抒写昭君的怨情中，寄寓自己的身世之慨。杜甫一生，济世之志甚高，但终其身，也未得一展抱负。肃宗朝虽任职京师，也只不过是一左拾遗。就这，还因忧国惜才，疏救房琯而触怒肃宗，差点获刑。虽然获救，却终被疏远，终于郁郁辞官，漂泊西南。而昭君也是因汉元帝昏庸、不辨美丑而远嫁异乡，流离而不得归，身死而遗长恨。二人的遭遇、经历、处境不无相似之处。杜甫《咏怀古迹五首》其二所谓"怅望千秋一洒泪，萧条异代不同时"，《唐宋诗举要》所谓"此自喻其寂寥千载之感也"，正是诗中所要传递的。昭君未能见知于君王，诗中对她深寄同情，也有怨君之意。当然更主要的，还是一个远嫁异域的女子，永远怀念故土的怨思，这是千百年世代积累的更为普遍的更为深厚的情感。

登 高

风急天高猿啸哀，
渚清沙白鸟飞回。
无边落木萧萧下，
不尽长江滚滚来。
万里悲秋常作客，
百年多病独登台。
艰难苦恨繁霜鬓，
潦倒新停浊酒杯。

【题 解】

这首诗作于唐代宗大历二年（767）秋。当时安史之乱已经结束四年了，但地方军阀又乘时而起，相互争夺地盘。杜甫本入严武幕府，依托严武。不久严武病逝，杜甫失去依靠，只好离开经营了五六年的成都草堂，买舟南下。本想直达夔门，却因病魔缠身，在云安呆了几个月后才到夔州。如不是当地都督的照顾，他也不可能在此一住就是三个年头。而就在这三年里，他的生活依然很困苦，身体也非常不好。

这首诗就是五十六岁的老诗人在这极端困窘的情况下写成的。那一天，他独自登上夔州白帝城外的高台，登高临眺，百感交集。望中所见，激起意中所

登高 诗意图 马振声 绘

触；萧瑟的秋江景色，引发了他身世飘零的感慨，渗入了他老病孤愁的悲哀。于是；就有了这首被誉为“古今七言律第一”的旷世之作。

句解

风急天高猿啸哀，渚清沙白鸟飞回

天高风急，秋气肃杀，猿啼哀啸，十分悲凉；清清河洲，白白沙岸，鸥鹭低空回翔。首联二句，对举之中仍复用韵，且句中自对，无一虚设。这是诗人登高看到的景象，构成一幅悲凉的秋景图画，为全诗定下了基调。登高而望，江天本来是开阔的，但在诗人笔下，却令人强烈地感受到：风之凄急、猿之哀鸣、鸟之回旋，都受着无形的秋气的控制，仿佛万物都对秋气的来临惶然无主。“风急”，夔州位于长江之滨，三峡之首的瞿塘峡之口，素以水急、风大著称。“猿啸哀”，巫峡多猿，鸣声凄厉。当地民谣说：“巴东三峡巫峡长，猿鸣三声泪沾裳”。“渚”，水中的小块陆地。

无边落木萧萧下，不尽长江滚滚来

落叶飘零，无边无际，纷纷扬扬，萧萧而下；奔流不尽的长江，汹涌澎湃，滚滚奔腾而来。颔联为千古名句，写秋天肃穆萧杀、空旷辽阔的景色，一句仰视，一句俯视，有疏宕之气。“无边”，放大了落叶的阵势，“萧萧下”，又加快了飘落的速度。在写景的同时，深沉地抒发了自己的情怀，传达出韶光易逝，壮志难酬的感怆。它的境界非常壮阔，对人们的触动不限于岁暮的感伤，同时让人想到生命的消逝与有限，宇宙的无穷与永恒。透过沉郁悲凉的精工对句，显示着诗人出神入化的笔力，有“建瓴走坂”、“百川东注”的磅礴气势。前人誉为“古今独步”的“句中化境”。

万里悲秋常作客，百年多病独登台

我万里漂泊，常年客居他乡，对此秋景，更觉伤悲；有生以来，疾病缠身，今日独自登临高台。颈联是诗人一生颠沛流离生活的高度概括，有顿挫之神。诗人从空间（万里）、时间（百年）两方面着笔，把久客最易悲秋，多病独自登台的感情，融入一联雄阔高浑的对句之中，情景交融，使人深深地感到他那沉重的感情脉搏。语言极为凝炼，乃千古名句。宋代学者罗大经《鹤林玉露》析此联云：“万里，地之远也；悲秋，时之惨凄也；作客，羁旅也；常作客，久旅也；百年，暮齿也；多病，衰疾也；台，高迥处也；独登台，无亲朋也；十四字之间含有八意，而对偶又极精确”。“八意”，即八可悲：他乡作客，一可悲；常作客，二可悲；万里作客，三可悲；又当萧瑟的秋天，四可悲；年已暮齿，一事无成，五可悲；亲朋亡散，六可悲；孤零零的独自去登，七可悲；身患疾病，八可悲。

艰难苦恨繁霜鬓，潦倒新停浊酒杯

时世艰难，生活困苦，我常恨鬓如霜白；浊酒销忧，却怎奈潦倒，以至需要停杯。尾联转入对个人身边琐事的悲叹，与开篇《楚辞》般的天地雄浑之境，形成强烈的对比。“苦恨”，甚恨，意思是愁恨很深。“潦倒”，犹言困顿衰颓，狼狈失意。“新停浊酒杯”，一般解释为戒酒，不妥。“停”是表示某种动作状态延续途中的一时中断。这一句是说，我一人登台，独饮浊酒，无亲朋相伴，慢慢举起销忧解愁的酒杯，停在嘴边——我的身体已承受不了啦，至今饮酒不断、未曾有过停杯体验的我，不禁为自己身心之衰感到愕然。“新”，指初次出现。“浊酒”是相对于“清酒”而言，是一种带糟的酒，古时称之为“醪”。

评解

这是一首最能代表杜诗中景象苍凉阔大、气势浑涵汪茫的七言律诗。前两联写登高闻见之景，后两联抒登高感触之情。由情选景，寓情于景，浑然一体，充分表达了诗人长年飘泊、忧国伤时、老病孤愁的复杂感情。而格调却雄壮高爽，慷慨激越，高浑一气，古今独步。

这首律诗很特别，其四联句句押韵，皆为工对，且首联两句，又句中自对，可谓“一篇之中，句句皆律，一句之中，字字皆律”。就写景而言，有工笔细描（首联），写出风、天、猿、渚、沙、鸟六种景物的形、声、色、态，每件景物均只用一字描写，却生动形象，精炼传神；有大笔写意（颔联），传达出秋的神韵。抒情则有纵的时间的着笔，写“常做客”的追忆；也有横的空间的落墨，写“万里”行程后的“独登台”。从一生飘泊，写到余魂残骨的飘零，最后将时世艰难归结为潦倒不堪的根源。这样错综复杂手法的运用，把诗人忧国伤时，老病孤愁的苍凉，表现得沉郁而悲壮。难怪明代胡应麟《诗薮》说，全诗“五十六字，如海底珊瑚，瘦劲难名，沉深莫测，而精光万丈，力量万钧。通章章法、句法、字法，前无昔人，后无来学，微有说者，是杜诗，非唐诗耳。然此诗自当为古今七言律第一，不必为唐人七言律第一也”。

旅夜书怀

细草微风岸，危樯独夜舟。
星垂平野阔，月涌大江流。
名岂文章著，官应老病休。
飘飘何所似？天地一沙鸥。

【题解】

所谓“旅夜书怀”，就是在行旅的夜里抒写自己的胸怀或怀抱。这首诗一向被认为是杜甫于唐代宗永泰元年（765）五月离开成都草堂以后，沿长江乘舟东下，秋天抵达忠州（今四川忠县）一带时所作。但是，首先，诗中“星垂平野阔”句所描画的图景，与忠州一带的峡谷地貌不合。其次，“细草”本是象征春天的景物，也与秋天不符，所以秋天写于忠州的结论是有疑问的。那么此诗究竟写于何时呢？

旅夜书怀 诗意图　武继仁 绘

关于这首诗的写作，应该满足三个条件：一是在春天，二是在广阔的平野之中，三是在漂泊于大江上的船里。同时满足这三条的，有如下两个时间：①大历三年（768）春天，杜甫离开夔州，穿过三峡后，向江陵（今属湖北）航行时。②大历四年或五年春天，漂泊在湘江上时。长江贯流的湖北江汉平原，和湘江沿岸的湖南平野，都能与“星垂平野阔”所描绘的空间相应。但杜诗提及“大江”的二十多例子里，一个指湘江的也找不到。所以，将这个事实和“细草”的春意，“星垂平野阔”的平野综合考虑的话，《旅夜书怀》诗的写作时期应该确定为大历三年春。此前杜甫已经滞留夔州近两年，除因受到夔州都督柏茂琳的优待以外，大约也是为了等候朝廷任命新职。作为夔州都督的柏茂琳，可能向朝廷推荐过杜甫。但是，唐代宗没有起用他。这时，他感到“致君尧舜上，再使风俗淳”（《自京赴奉先县咏怀五百字》）的希望完全破灭了。于是在这年的正月，五十七岁的杜甫下定决心离开夔州。舟出三峡，顺着大江，进入江汉平原的江陵一带，他回想一生的坎坷遭遇和朝廷的黑暗腐败，抒发了“官应老病休”的愤激之情。

句解

细草微风岸，危樯独夜舟

微风习习，江岸细草如丝，一只竖有高桅的小船，孤伶伶地行驶在江上。首联点明地点、时间和环境，烘托出一种凄凉孤寂的氛围，这也是作者孤独感伤之情的外化。“危”，高的意思。“樯”，桅杆。

星垂平野阔，月涌大江流

星星垂挂在远天，显出平野的辽阔；月光涌动在水面，大江在汹涌奔流。与上一联的近景相比，这一联是远景，上句写岸上，下句写江中，构成阔大雄伟的境界，有一种宇宙苍茫无穷之感。置身其间的细草、孤舟、诗人，该是何等的渺小。由此可见诗人孤独凄怆之情。诗中“垂”、“涌”两个“响”字，将星月精神描摩得毕肖。《四溟诗话》评价说“句法森严，‘涌’字尤奇”。

名岂文章著，官应老病休

有点名声，哪里是因为我的文章好呢？但做官之事，倒确实应该由于自己老而多病，而不得不罢休了。此联上句与“岂有文章惊海内”（《客至》）一样，既是自谦之词，又有自豪之意。下句与“罢官亦由人”（《立秋后题》）一样，表面上是自我解嘲，实质上是抒发愤慨。杜甫此时确实是既老且病，但他的休官，却主要不是因为这，而是由于不被任用。清代沈德潜《唐诗别裁集》说："胸怀经济，故云名岂以文章而著；官以论事罢，而云老病应休。立言之妙如此。"

飘飘何所似？天地一沙鸥

如此江湖落拓，到处飘泊，像个什么？就像那天地之间到处飘飞的一只沙鸥。诗人自叹身世飘零，无论是身后之名，还是生前之功业，似乎都游离于他。当这种悲愤交集的情感，外化投射在一只飘零于茫茫天地之间的白鸥时，诗人晚年飘零、孤独、寂寥的形象，便由此铸就了。

评解

纵观全诗，始终有景，又始终满含复杂的情感。景的序列，随着诗人感情的逐步展开而自然地呈现，并且最终借助景，将感情的抒发推向高潮。大致说来，诗的前半重点写"旅夜"之景，后半主要是"书怀"。不过，前半写景状物，已经融注了诗人的主观意念；后半抒怀感慨，也有自然景物的烘托。全诗景情交融，正如清代王夫之在《姜斋诗话》中所说："情景名为二，而实不可分。神于诗者，妙合无垠。巧者，则有情中景，景中情。"

全诗意境雄浑，《瀛奎律髓汇评》引纪昀的评论说："通首神完气足，气象万千，可当雄浑之品。"诗人将"细草"、"孤舟"、"沙鸥"这些景象，放置于无垠的星空平野之间，使景物之间的这种对比，自然烘托出一个独立于天地之间的飘零形象，衬托出深沉凝重的孤独感。

江汉

江汉思归客，乾坤一腐儒。
片云天共远，永夜月同孤。
落日心犹壮，秋风病欲苏。
古来存老马，不必取长途。

【题解】

有人认为此诗作于夔州，有人认为作于江陵，当以后者为是。大历三年（768）正月，杜甫自夔州出峡，秋天，流寓湖北江陵、公安等地，诗即作于此间。诗题作《江汉》，近乎无题，大概漂泊流徙中，已无心拟题。杜甫这时已五十六岁，长期飘零，历尽艰辛，北归无望，生计日困，至老仍如浮云行止无定，心中自然颇多感慨。尽管如此，诗人忠魂仍存，壮心犹在，并未因处境困顿和年老多病而悲观消沉。此诗就集中表现了这种“烈士暮年，壮心不已”的精神。

江汉 诗意图　谢志高 绘

句解

江汉思归客，乾坤一腐儒

漂泊江汉，我这思归故乡的天涯游子，在茫茫天地之间，只是一个迂腐的老儒。“江汉”，长江、汉水之间。首联表达出诗人客滞江汉的窘境，有自嘲意。“思归客”是杜甫自谓，因为身在江汉，时刻思归故乡，但思归而不得，饱含天涯沦落的无限辛酸。“乾坤”，即天地。“腐儒”，迂腐的读书人，这里实际是诗人自指不会迎合世俗。如果说前一句还只是强调诗人飘泊在外的思乡之心，后一句则将自己在天地间的渺小孤独感吐露无遗。诗人原来的抱负是要经天纬地的，然而越到人生的最后阶段，他越是痛感自己的渺小无力。其中的痛楚和无奈该有多深！

片云天共远，永夜月同孤

像飘荡在远天的片云一样远客异乡；与明月一起，孤独地面对漫漫长夜。颔联为工对。“天共远”，承江汉客；“月同孤”，承一腐儒。诗人表面上是在写片云孤月，实际是在写自己。他把自己的感情和身外的景物融为一片，慨叹自己飘泊无依。不过，在明月的皎洁和孤清中，我们又体会到了诗人的孤高自许，他的心，仍然是光明的。“永夜”，长夜。

落日心犹壮，秋风病欲苏

我虽已到暮年，就像日将落西山，但一展抱负的雄心壮志依然存在；面对飒飒秋风，我不仅没有悲秋之感，反而觉得病逐渐好转。颈联为借对，“落日”比喻暮年，而非写实。“秋风”句是写实。诗的意境阔大而深沉，形象地表达出诗人积极用世、身处逆境而壮心不已的精神，“苏”，复苏。

古来存老马，不必取长途

自古以来存养老马是因为其智可用，而不必取其体力，跋涉长途。尾联用老马识途的典故，比喻自己身虽年老多病，但智慧犹可用，还能有所作为。《韩非子·说林上》里讲，春秋时管仲随齐桓公伐孤竹，春往冬返，迷失道路。管仲提议用老马领路，于是找到了归途。“老马”是诗人自比。

评解

诗人身滞江汉，心有感而作此诗。他用凝炼的笔触，抒发了怀才见弃的不平之气和报国思用的慷慨情怀。前两联写所处之穷，后两联写才犹可用。元代方回《瀛奎律髓》评论这首诗说："味之久矣，愈老而愈见其工。中四句用'云天'、'夜月'、'落日'、'秋风'，皆景也，以情贯之。'共远'、'同孤'、'犹壮'、'欲苏'，八字绝妙，世之能诗者，不复有出其右矣。"确实，诗的中间两联，情景相融，妙合无垠，有着强烈的艺术感染力，故历来为所称道，明代胡应麟《诗薮·内篇》就说，这两联"含阔大于沉深，高（適）、岑（参）瞠乎其后"。

登岳阳楼

昔闻洞庭水，今上岳阳楼。
吴楚东南坼，乾坤日夜浮。
亲朋无一字，老病有孤舟。
戎马关山北，凭轩涕泗流。

【题解】

这首五言律诗写于诗人逝世前一年，即唐代宗大历三年（768）。当时杜甫沿江由江陵、公安一路漂泊，来到岳州（今属湖南）。登上神往已久的岳阳楼，凭轩远眺，面对烟波浩渺、壮阔无垠的洞庭湖，诗人发出由衷的礼赞；继而想到自己晚年飘泊无定，国家多灾多难，又不免感慨万千，于是挥笔写下这首含蕴着浩然胸怀和博大痛苦的名篇。岳阳楼，即湖南岳阳城西门楼，是我国三大名楼之一（其余两个是黄鹤楼、鹳鹊楼），下瞰洞庭，视野广阔。唐开元四年，中书令张说任职此州，常与才士登楼赋诗，遂使之声名骤增，成为天下文化名楼。

登岳阳楼　诗意图　徐震时　绘

句解

昔闻洞庭水，今上岳阳楼

过去就听说洞庭湖水势浩瀚，名扬海内，今天我登上湖边的岳阳楼，俯仰江山。首联借“昔”、“今”二字展开思路，拉开时间的帷幕，为全诗浩大的气势奠定了基础。杜甫少时就有壮游名山大川的雄心，曾先东游吴越，后北游齐赵。岳阳楼是千古名胜，诗人早有尽兴一游的夙愿，无奈战乱频仍，身世漂荡，难以如愿。今日流落至此，方得以一饱眼福。

吴楚东南坼，乾坤日夜浮

只见吴越两地被广阔浩瀚的湖水分割于东南；苍茫的湖面上，日日夜夜浮荡着大地长天。颔联写洞庭湖浩瀚无际的磅礴气势，意境阔大，景色宏伟奇丽。“日夜浮”三字，下得深沉，寓情于景，隐含自己长期飘泊无归的感情。宋代刘辰翁说，此联“气压百代，为五言雄浑之绝”。“吴楚”，春秋时代的吴国和楚国。今湖北、湖南及安徽、江西的部分地区古属楚地；今江苏、浙江及江西的部分地区古属吴国。“坼”，分裂。

亲朋无一字，老病有孤舟

亲朋故旧竟无一字寄给漂泊江湖的我，衰老多病的我呀，只有生活在一只小小的舟船上。颈联写诗人年老多病，以舟为家，远离亲友，流落在外，其凄凉之境、哀痛之心、愤怨之情，不言自明。“老病”，杜甫时年五十七岁，全家人住在一条小船上，四处漂泊。此时，他身体衰弱不堪，右臂偏枯，耳朵失聪，还患有慢性肺病。

戎马关山北，凭轩涕泗流

站在岳阳楼上，遥望关山以北，仍然是兵荒马乱、战火纷飞；凭倚窗轩，胸怀家国，我不禁涕泪交流。诗人在尾联中把个人命运和国家前途联系在一起，意境深远，余韵无穷。“戎马”，兵马，这里借指战争。大历三年（768）秋，吐蕃侵扰灵武，京师戒严；朝廷又命郭子仪率兵五万至奉天，以备吐蕃。

评解

这首诗意境开阔宏伟，风格雄浑渊深，是杜甫诗中的五律名篇，前人称之为盛唐五律第一。从总体上看，江山的壮阔，与诗人胸襟的博大，在诗中互为表里。虽然悲伤，却不消沉；虽然沉郁，却不压抑。宋代胡仔《苕溪渔隐丛话》引蔡絛《西清诗话》说：“洞庭天下壮观，自昔骚人墨客，题之者众矣，……然未若孟浩然‘气蒸云梦泽，波撼岳阳城’，则洞庭空旷无际，气象雄张，如在目前。至读杜子美诗，则又不然。‘吴楚东南坼，乾坤日夜浮’，不知少陵胸中吞几云梦也。”

全诗纯用赋法，从头到尾都是叙述的笔调。以往一些学者认为诗用赋法，没有形象，没有诗味。事实上，赋法是诗歌形象化的重要手法，其特点是不注重诗的语言和局部事物的形象化，而着力创造诗的总体意境。《登岳阳楼》正是运用赋法创造艺术形象的典范。它所达到的艺术境界，已经使人不觉得有艺术方法的存在，甚至不觉得有语言的存在，只觉得诗人的思想感情撞击着心扉。

江南逢李龟年

岐王宅里寻常见，
崔九堂前几度闻。
正是江南好风景，
落花时节又逢君。

【题 解】

这首诗作于唐代宗大历五年（770），也就是杜甫去世的那一年。李龟年是盛唐时期声名赫赫的音乐家，但其生卒、籍贯、出身等均已不详。我们只知道他生活在唐玄宗开元至代宗大历年间，擅长歌唱，还会作曲，对地方音乐也相当熟悉。有一次，他在岐王府听见有人弹琴，就说：“这是秦地的音乐。”过了一会儿，他又说：“这是楚地的音乐。”岐王听了很惊讶，到帘幕后面一问，果然如此。凭借其过人的音乐技艺，李龟年受到喜爱音乐的唐玄宗的赏识，“特承顾遇，于东都大起第宅。”安史之乱后，李龟年流落江湘，“每遇良辰胜景，为人歌数阕，座中闻之，莫不掩泣罢酒。”（《明皇杂录》）

江南逢李龟年 诗意图　童介眉 绘

大历五年暮春时节，在阔别四十多年以后，流落江南的杜甫在潭州（今湖南长沙），与同样流落异乡的李龟年偶然相逢。这时，唐王朝由于遭受了八年的安史之乱，整个社会已经从“开元盛世”那样的繁荣昌盛迅速跌落下来。面对苦难的现实、凄凉的晚境和曾经辉煌一时的旧交，杜甫百感交集，写下了这首极具情韵的七言绝句，抒发了动荡时代有着不平凡经历的故人重逢时的深痛感触，暗寓着对往昔的无限眷恋，对现实的深沉慨叹，以及对昔盛今衰、人情聚散的千般感触。

句解

岐王宅里寻常见，崔九堂前几度闻

当年在岐王宅里，常常见到你的演出；在崔九堂前，也曾多次欣赏你的艺术。开头二句虽然是在追忆昔日与李龟年的接触，流露的却是对开元全盛日的深情怀念。下语似乎很轻，含蕴的情感却很重。“岐王”，唐玄宗的弟弟、唐睿宗（李旦）的儿子李范，封岐王，以好学爱才著称，雅善音律。“崔九”，名涤，是中书令崔湜的弟弟，经常出入皇宫，是唐玄宗的宠臣，曾任秘书监。他在同族弟兄辈中排行第九，故称崔九。“岐王宅”、“崔九堂”，仿佛信口道出，但在当事者心目中，这两个开元鼎盛时期文艺名流经常雅集之处，它们的名字，就足以勾起昔日的美好回忆。当年出入其间，接触李龟年这样的艺术明星，是很寻常的，可是现在回想起来，却已是可望而不可及的梦境了。两句诗在迭唱和咏叹中，好像是要拉长回味的时间似的。这里蕴含的天上人间之感，需要结合下两句才能品味出来。

正是江南好风景，落花时节又逢君

眼下正是江南暮春的大好风光，没有想到落花时节能巧遇你这位老相识。昔日不再，梦一样的回忆，改变不了眼前的无奈。后两句对国事凋零、艺人颠沛流离的感慨，概括了整个开元时期的沧桑巨变。风景秀丽的江南，在和平时代，原是诗人们所向往的快意之游的所在。如今真正置身其间，面对的却是满眼凋零的落花和皤然白首的流落艺人。“落花时节”，既是即景书事，也是有意无意之间的寄兴。熟悉时代和杜甫身世的读者，定会从中联想起世运的衰颓、社会的动乱和诗人的衰病漂泊，而丝毫不觉得诗人在刻意设喻。因而，这种写法显得浑成无迹。“正是”和“又”这两个虚词，一转一跌，更在字里行间，寓藏着无限感慨。

评解

这首七言绝句脍炙人口，是杜甫晚年创作生涯中的绝唱，历代好评众多，如清代邵长蘅评价说："子美七绝，此为压卷。"《唐宋诗醇》也说，这首诗"言情在笔墨之外，悄然数语，可抵白氏（白居易）一篇《琵琶行》矣……此千秋绝调也。"

此诗抚今思昔，世境之离乱，年华之盛衰，人情之聚散，彼此之凄凉流落，都浓缩在这短短的二十八字中。语言极平易，含意极深远，包含着非常丰富的社会生活内容，凝结着四十多年的时代沧桑、人生巨变。那种昔盛今衰，构成了尖锐的对比，使人感到诗情的深沉与凝重。清代黄生《杜诗说》评论说："今昔盛衰之感，言外黯然欲绝。见风韵于行间，寓感慨于字里。即使龙标（王昌龄）、供奉（李白）操笔，亦无以过。乃知公于此体，非不能为正声，直不屑耳。有目公七言绝句为别调者，亦可持此解嘲矣。"